Fragrancia

Fragrancia

Paul Richardot

Traducción del francés de
José Antonio Soriano Marco

Lumen

narrativa

Papel certificado por el Forest Stewardship Council®

MIXTO
Papel | Apoyando la silvicultura responsable
FSC® C117695

Penguin Random House Grupo Editorial

Título original: *Fragrancia*

Primera edición: junio de 2025

Printed in Spain – Impreso en España

ISBN: 978-84-264-3243-8
Depósito legal: B-6325-2025

Compuesto en M. I. Maquetación, S. L.
Impreso en Rotoprint by Domingo, S. L.
Castellar del Vallès (Barcelona)

H 4 3 2 4 3 8

Para Jeannette

Cada recuerdo tiene su olor;
quien desee revivir un momento feliz
solo tiene que volver a encontrar su aroma.

Prólogo

—¿Podría darme un vaso de agua? —preguntó el cliente, que ahora parecía muy pequeño, como si hubiera encogido en el sillón.

Hélias, que agitaba una pierna de pura excitación, se volvió hacia Alain. Con un movimiento de cabeza, su mentor dio el visto bueno, y el chico salió disparado hacia la fuente de agua. Un vasito de plástico vacío y un suspiro de alivio más tarde, el paciente se sentía listo al fin. Hélias volvió a su silla y su acatisia. Ese trastorno, que había intentado controlar muchas veces, se agudizaba cuando estaba estresado. Es decir, cada dos por tres.

—Adelante, señor Durin, puede empezar cuando quiera —dijo Alain mirando al anciano, con el lápiz suspendido sobre la libreta.

El cliente se hundió aún más en el sillón y cerró los ojos.

—Hoy me gustaría volver a ver la clase de mi maestro de escuela. Todo un personaje. Divertido y, a la vez, exigente. Nos recibía en la escalera de la entrada, con su bata gris, tieso como un palo. ¿Cómo eran sus gafas? Redondas. No, cuadradas. —Por un momento, el rostro del anciano se crispó—. Bueno, ya no estoy seguro, pero le daban un aspecto severo. Sin embargo, era un profesor de lo más jovial. Siempre estaba bromeando. Aun así lo respetábamos. ¡Uy, ya lo creo! Ahora eso se ha perdido. Mi nieto hasta tutea a sus profesores. En mis tiempos, eso era impensable...

—Señor Durin, no olvide los desencadenantes olfativos —lo interrumpió Alain—. Es crucial que nos proporcione más precisiones sobre el entorno. Esos detalles son esenciales para obtener una reconstrucción fiel.

El anciano se pasó una mano cubierta de arrugas por el concentrado rostro y continuó:

—Cuando entrábamos en fila de a dos, yo siempre me las apañaba para ir al lado de Louis. Era mi mejor amigo. Ya le hablé de él. Sí, el que murió mientras dormía, hará cosa de un año. A mí también me gustaría irme así… —murmuró el señor Durin. Alain lo llamó al orden con suavidad—. Disculpe, cuando cierro los ojos, me vuelvo charlatán. ¿Qué estaba diciendo? ¡Ah, sí! Al entrar en el aula, Louis y yo subíamos a la tarima, nos embadurnábamos las manos con el polvo de tiza que había al pie de la pizarra y, luego, íbamos a limpiárnoslas en las espaldas de los otros chicos. Era muy divertido. Se ponían como fieras.

Al oír la anécdota, Alain enarcó una ceja y se apresuró a apuntar en la libreta las sustancias químicas olorosas. Sin saberlo, el paciente acababa de desbloquear la sesión. La madera de cachemira evocaría a la perfección la piedra de la pizarra. Una nota de fenilacetato de metilo y cedrol recordaría la tarima encerada. ¿Y una pizca de marítima? No. Alain tachó la última materia prima. Demasiado acuosa. No lo bastante seca y polvorienta. El iris nitrilo: eso es lo que representaría ese olor a tiza que irrita la nariz. Pero Alain no había terminado, ni mucho menos. Mientras el paciente, embarcado en una descripción caótica de su recuerdo, seguía describiendo aquella aula lejana, el terapeuta anotaba, analizaba y traducía cada divagación. Unos zapatos de cuero por aquí, el frío efluvio del tintero por allí… Alain transformaba la información en materias primas y apuntaba el nombre de las esencias en la libreta.

Satisfecho con sus notas, le hizo una seña a Hélias para que se acercara. Mientras el paciente continuaba su vagabundeo mental, el chico cogió la lista, rodeó el escritorio y sacó de la vitrina todos los frascos indicados. Sin hacer ruido, se deslizó detrás del anciano y se sentó ante una mesa de trabajo situada en una esquina de la consulta. Allí, el aprendiz de olfato mezcló los distintos componentes en un matraz colocado en una balanza de precisión.

—Era una escuela de chicos. Si queríamos ver a las niñas, teníamos que esperar hasta la tarde. Recuerdo que yo tenía una amiguita. Compartía conmigo sus pastillas Juanola. Un encanto de niña.

Hélias se detuvo y alzó la cabeza en dirección a Alain. Pastillas Juanola... ¿Acababa de mencionar el regaliz? El terapeuta, que se había percatado de la reacción de su ayudante, le sonrió en señal de aprobación. Para completar la atmósfera olfativa del recuerdo, ese aspecto debía figurar en la fórmula en forma de rastro. La isobutil quinolina serviría, pese a sus facetas verdes y coráceas.

Una vez terminada la mezcla, Hélias la diluyó en la SVM, introdujo el resultado en un nebulizador y se lo entregó a su jefe. Alain esperó tranquilamente a que el paciente acabara la historia y, cuando lo hizo, le preguntó:

—¿Está preparado?

Los temblorosos labios del anciano dejaron escapar un «sí» apenas audible. Alain pulso el botón de encendido del aparato, y las primeras volutas de vapor se elevaron de la ranura. Luego, le tendió el nebulizador al paciente.

—Ha llegado el momento de reencontrarse con su pasado —le dijo sonriendo.

Sin esperar a más, el anciano se acercó el aparato a la nariz e inspiró profundamente. A sus células olfativas les bastó una fracción de segundo para captar las moléculas olorosas que flotaban en el aire. Un instante después, con la respiración cortada, tuvo la sensación de caer al vacío. Una zambullida en el limbo de su memoria, un viaje a donde nadie se aventura: el olvido. Estaba totalmente inmerso en los meandros de su cerebro. La fórmula química aromática no solo hacía emerger los recuerdos, sino también todas las emociones y las sensaciones pasadas. La despreocupación, la ligereza y la inocencia de la infancia. Habría sido incapaz de decir cuándo las había sentido por última vez. Un día, simplemente habían desaparecido de sus percepciones.

Mientras su hipotálamo digería la información olfativa, su cuerpo se incendió. Una explosión de anécdotas a cuál más luminosa y precisa regresó a la superficie. Detalles que creía olvidados hacía mucho tiempo. La mueca de su profesor cuando una respuesta era errónea; los dedos gordezuelos de sus compañeros, que lo agarraban de la pechera cuando descubrían la broma de la tiza; los cordones de los zapatos de Louis, siempre sueltos. Louis y su risa, que rebotaba en las tapias del patio de recreo. Sus rodillas despellejadas, cubiertas de tierra y sangre. Una cálida irradiación llenó el vientre del anciano. Estaba eufórico, extático. Era otra vez ese niño. Adiós a aquel cuerpo marchito, a aquel cuerpo que el paso del tiempo había encogido y encorvado. De pronto, se sentía inmortal, impetuoso y audaz como solo pueden serlo los niños. Sacando pecho ante el futuro, desafiaba con una mirada pícara a la vida, que se le ofrecía. Si la juventud supiera y si la vejez pudiera... No. Con sus zapatos de colegial, pisoteaba el adagio. Si la vejez recordara lo que era la juventud... Toda su alma se inundó de placer. Las lágrimas le resbalaban por las mejillas, en las que los años ya habían dejado surcos. Estaba a la vez vacío y lleno, presente y muy lejos.

Poco a poco, los efectos de la SVM se difuminaron, llevándose con ellos las reminiscencias de su vida pasada. Durante unos instantes, su infancia le había hecho una visita. Cuando volvió a abrir los ojos, los olores de su pasado se habían desvanecido. Tenía la garganta seca y los ojos húmedos. Alain, que estaba a su lado, posó en su hombro una mano reconfortante.

—Bienvenido de nuevo entre nosotros.

1

Horas más tarde, Hélias acompañaba a la salida al último paciente del día. Aunque no estaba muy al tanto de la política local, había reconocido al alcalde de Le Mans, gracias a los carteles colocados por toda la ciudad, pero había puesto todo su empeño en tratar al primer edil como a un completo desconocido. Su mentor le había enseñado a practicar la discreción más absoluta: «Si se olvidan de lo que son hoy, les resultará más fácil recordar lo que fueron ayer». Una lección impartida durante uno de sus encuentros rituales del viernes por la noche, único momento de la semana en el que Alain se permitía beber alcohol. A Hélias le gustaba acompañarlo entre otras cosas porque Alain, pródigo en rumores y chismes, le revelaba las noticias más frescas del sector, para perfeccionar su formación informal. Pero ese viernes Hélias tuvo que abstenerse. Su partida al centro olfativo estaba prevista para el lunes, y no quería dejar papeleo pendiente tras él.

Aquella sucursal de Fragrancia, situada en las plantas primera y segunda de un edificio con carácter, la llevaban ellos dos, un personal mínimo que obligaba a Hélias a luchar en todos los frentes. Limpió los utensilios de laboratorio, comprobó las cantidades de las atmósferas y las materias primas, se aseguró del buen funcionamiento de los nebulizadores, completó la agenda y envió un informe detallado de las existencias de SVM a la sede central. La casa madre, responsable de la fabricación, distribución y explotación del producto, controlaba su uso de forma muy estricta. El psicotrópico, esencial para las sesiones de trance olfativo, era el pilar de toda la empresa. La menor anomalía en los informes habría provocado una situación de lo más complicada para la oficina y para Alain.

El resto de la hora se le fue en actualizar las fichas de los pacientes en la base de datos. Uno tras otro, Hélias reseñó todos los recuerdos olfativos de la semana y los clasificó por número de incidencias. Para su gran sorpresa, «paseo por la playa», que ese mes había aparecido más de cinco veces, no estaba recogido en la biblioteca de los acordes olfativos «listos para oler». Se lo señalaría a Alain antes de irse. Por último, añadió la atmósfera de la antigua aula a la ficha del señor Durin. Un paciente enternecedor. Hablaba mucho y divagaba aún más, pero sus sesiones de recuerdos olfativos siempre encerraban esa poesía que se oculta en lo banal.

Finalizadas todas las tareas, se concedió una pausa en la sala de espera desierta. Alain no tardaría en mandarlo a casa. Hélias aprovecharía para acabar de limpiar su habitación antes del gran día. Una idea angustiosa asaltó su cansada mente. ¿Y si no estaba a la altura de ese periodo de prueba? Fragrancia no tendría más remedio que despedirlo. ¿Se enfadaría con él Alain? No, imposible, aquel hombre solo deseaba su felicidad. Hélias suspiró y echó la cabeza atrás. Al cabo de unos segundos, empezó a dolerle el cuello. Enderezó el cuerpo y paseó la mirada por la sala. Era una habitación rectangular de techo alto y muy luminosa, gracias a las dos grandes ventanas, pero se diferenciaba de una sala de espera corriente por la cantidad de cachivaches de todo tipo que la ocupaban. Tendría que volver a poner orden, si le daba tiempo. Allí dentro, apenas podías moverte.

Alain era un coleccionista compulsivo. Lo guardaba todo. Aquí y allí, sobre el viejo entarimado, se alzaban pilas de periódicos de la altura de un hombre arrodillado, como testigos sedimentarios de las sucesivas eras. Jarrones imponentes, llenos a rebosar de bolígrafos promocionales, ocupaban un lugar central, y las paredes estaban cubiertas de cientos de postales procedentes de todo el mundo. Hélias sospechaba que los pacientes obtenían un placer perverso enviándolas, solo para ver hasta dónde llegaría la fiebre coleccionista. De momento, se extendía hasta los lavabos, pero Hélias se temía que no se detendría allí. Un día en que su mentor lo invitó a tomar un café en su casa, Hélias descubrió un cajón lleno de cajas de camembert. Así que, de vez en cuando, y de común acuerdo con Claudine, la mujer de Alain, hacía limpieza entre las cosas de su jefe, que nunca se percataba.

Cerró los ojos. Con el estrés de la partida, sentía la necesidad de hacer el vacío en su interior. Respiró hondo y dejó que sus emociones fluyeran, un ejercicio que solía practicar cuando se sentía ansioso. De pronto, el timbre de la puerta taladró el silencio. Con un respingo desproporcionado, Hélias se puso en pie y gritó en dirección al despacho de Alain que se encargaba él.

Al abrir la puerta, se encontró frente a dos gigantes vestidos de negro de los zapatos a la gorra. Incluso habían hecho el esfuerzo de dejarse las gafas de sol puestas. El aprendiz de olfato reconoció el monocromático atuendo de inmediato.

—Identifíquese —le ordenaron.

—Hélias Révol, ayudante de Alain Fisson —respondió él masajeándose la nuca.

Con el grueso pulgar, el más bajo hizo desfilar los nombres por la pantalla de su aparato. Luego, alzó la cabeza y dictó sentencia:

—No estás homologado. Apártate —dijo, y entró con el hombro por delante, seguido por su compinche, un auténtico coloso con la recia muñeca esposada a un maletín de aluminio—. ¿Dónde está el olfato Fisson? —ladró el primero mirando a su alrededor por encima de las gafas negras.

—En su despacho.

—¿Y a qué esperas? Ve a buscarlo.

Conmocionado por la brutalidad de la orden, Hélias se paralizó.

El segundo gorila se desabotonó la chaqueta. En su azoramiento, el chico creyó que el estuche para gafas sujeto a su cinturón era una pistolera de cuero. Respirando agitadamente, retrocedió un paso. El fulano, encantado de que por fin alguien se tomara en serio su accesorio, sonrió de oreja a oreja. Ante su jeta de vaquero venido a menos, al que no seleccionarían ni para un *spaghetti western*, Hélias interpretó su rictus como una amenaza. Su campo visual se estrechó y su respiración se volvió rápida y caliente. El miedo lo inundó. Las emociones de Hélias tenían la particularidad de ser tan violentas que a veces le provocaban ataques. Una vez más, iba a perder el control. Era una certeza. Esa fugaz idea no hizo más que empeorar la situación. Un tumor de ansiedad se adhirió a su esternón. Justo lo que intentaba evitar. Se sacó una ficha metálica del bolsillo y la estrujó. «Relájate, relájate...», dijo entre dientes, y cerró los ojos.

—¿Es mi estuche para gafas táctico lo que lo pone así? ¡Vaya! Y tú llamándome hortera...

Su compañero se encogió de hombros.

—Míralo. Lo que pasa es que no rige...

—Ya basta —intervino Alain saliendo de su despacho.

Los dos mensajeros se quedaron inmóviles.

—Olfato Fisson, tenemos órdenes estrictas. Nos han...

—¡Cállese! —tronó Alain, y, alzando los brazos, les mostró las dos rosas adornadas con cuatro espinas que llevaba tatuadas en las muñecas—. Y deje en paz a mi ayudante —añadió en un tono más calmado. Luego, buscó en su cartera y les tendió una tarjeta negra, que los gorilas se apresuraron a verificar—. No sé dónde los recluta a ustedes Cornélia, pero voy a tener que decirle cuatro cosas sobre los criterios de selección.

Alain les dio un código de cinco cifras. Un chasquido metálico más tarde, las esposas se abrieron y el maletín pasó a sus manos. El olfato comprobó la integridad de las cintas de sellado que unían los bordes del maletín y despidió a los dos gigantes con un revés de la mano. Poco a poco, Hélias recobraba la calma.

—Te las has arreglado bien. No te has venido abajo —lo tranquilizó Alain, y cerró la mano sobre la del chico, lo que puso fin a la frenética agitación de la ficha.

Hélias se la guardó en un bolsillo y miró el maletín con los ojos desorbitados. Era la primera cerradura biométrica que veía.

—Nuevo protocolo —rezongó Alain—. Solo funciona con mis huellas. Mejor dicho, con la del dedo gordo del pie. Por si a alguien le diera por cortarme la mano. —Agitó los dedos—. No sé de dónde sacan todas esas ideas. Adivina lo que hay dentro...

—Sustancia volátil memorial, supongo —respondió el chico sin ocultar su admiración por el valioso fluido.

Alain asintió.

—Ven, me ayudarás a abrir este trasto. ¡Dos cerebros piensan más que uno!

2

En esos mismos momentos, a varios centenares de kilómetros, una rutilante berlina negra aparcaba en una calle próxima al ayuntamiento. El chófer apagó el motor, bajó el parasol y miró por el retrovisor. Detrás, su jefa estaba concentrada en la lectura de un artículo de prensa.

—Hemos llegado, señora.

Nora alzó la cabeza y se volvió a derecha e izquierda. Nada indicaba que estuvieran en Melun. Pero si él lo decía...

Sacó un espejito de bolsillo y examinó su semblante. Resplandeciente: su rostro de joven treintañera no reflejaba el cansancio acumulado desde que ocupaba su cargo. Solo unas leves ojeras oscurecían sus párpados inferiores. «Son el adorno de la gente trabajadora», le dijo su madre un día. Algunos compañeros le habían pronosticado que, estando a las órdenes de la excéntrica directora general de Fragrancia, envejecería antes de tiempo. Después de un lustro de buenos y leales servicios, concluyó que podían meterse sus pronósticos donde les cupieran. Guardó el espejito en el bolso y salió del vehículo.

—Tengo para unos veinte minutos, François. Si quiere, puede ir a dar una vuelta —le dijo al chófer antes de cerrar la portezuela.

A última hora de la tarde, el centro empezaba a vaciarse. Un puñado de transeúntes, turistas despistados, desafiaban el mortecino ambiente. Aquellos impertinentes no tardarían en entrar en razón. Uno tras otro, los comerciantes de la rue du Général de Gaulle bajaban las persianas metálicas, tan cansadas como ellos. No muy lejos de allí, después de recorrer toda la ciudad, el Almont se encontraba al fin con el Sena.

Nora echó un vistazo a su móvil. Era la hora exacta. Mientras cruzaba la verja, un empleado del ayuntamiento le advirtió que el parque no tardaría en cerrar. La joven le dio las gracias y siguió su camino.

El punto de encuentro, un árbol solitario cerca de un banco, se dibujaba en la distancia. Horas antes, Ali Abbad, inspector de la policía judicial, le había enviado un mensaje con la descripción del lugar. Hasta sus tacones, que hacían crujir la gravilla del sendero, parecían burlarse de la situación. Semejante puesta en escena era impropia de Abbad.

De lejos, lo vio apagar un cigarrillo contra los listones del banco, guardarse la colilla en un bolsillo y levantarse para ir a su encuentro. Le había crecido la barba e iba desarreglado, como si no hubiera pasado por su casa en varios días. Una gabardina con las solapas subidas hasta los ojos habría completado el tópico. Al llegar junto a ella, tropezó y dejó caer al suelo una carpeta.

—¿Se encuentra bien?

Nora se agachó para ayudarlo a recoger los papeles desparramados a sus pies.

—Lo siento.

Al levantarse, Abbad lanzó hacia la nariz de la chica una bocanada del *fougère* moderno que compraba en una gran superficie desde que tenía veinte años. Aquel cóctel de lavanda, musgo de roble y cumarina, mezclado con el olor a tabaco, era su firma olfativa. Su principal elemento distintivo. Después de quitarle el polvo con la manga de la chaqueta, el policía le entregó la carpeta.

—Vuelvo a necesitarla —dijo encendiendo otro cigarrillo, y le tendió el paquete.

Nora rechazó la oferta.

El motivo del encuentro era un caso de violación durante una fiesta. Leyendo por encima las páginas del dosier, Nora se enteró de que, en el momento de la denuncia, la joven había tenido dificultades para recordar lo ocurrido. Cada intento de describir a su agresor se saldaba con un fracaso. Algunas reminiscencias relacionadas con la agresión emergían esporádicamente y desencadenaban ataques de ansiedad. Un estado postraumático considerado habitual por el psicólogo encargado de asistir a las víctimas. Los interrogatorios de los jóvenes presentes en la fiesta no habían dado ningún fruto: nadie se había percatado de nada. Una auténtica reunión de invidentes. ¿La única certeza del informe? La policía judicial daba palos de ciego.

—Con lo que está pasando en Fragrancia ahora mismo, me temo que no puedo aceptar un nuevo encargo.

Nora quiso devolverle la carpeta, pero el inspector se negó a cogerla.

—Si tuviera elección, me las arreglaría de otro modo, pero el fiscal se niega a continuar con la investigación si no interviene usted para validar la pista.

—¿Qué pista?

—Un posible culpable. Bastará con que confirme nuestras sospechas.

—Lo siento, pero no podemos ayudarle.

Nora había evitado utilizar un tono compasivo. Ser juzgada teatral en un momento así era de todo menos productivo.

Abbad se sacó el móvil del bolsillo.

—La semana pasada, unos compañeros de Marsella me mandaron fotos de una incautación.

Nora le cogió el teléfono de las manos y fue pasando las imágenes. Mostraban el desmantelamiento de un laboratorio clandestino. Unos hombres cuyos uniformes ostentaban el escudo de la brigada de estupefacientes juntaban grandes bidones azules. Nora se preguntó si, detrás de sus mascarillas FFP2, sonreirían.

—¿Cuánto?

—Cien litros. De muy mala calidad. Con esta SVM fraudulenta, la mayoría de los clientes se intoxica. Mis compañeros acabaron interrogándolos en sus habitaciones del hospital. Pero no se inquiete. Se hizo lo mismo que las otras veces: destruirlo todo y endosar otros cargos a los aprendices de químicos. Pasarán una buena temporada en la trena.

Abbad recuperó el móvil.

A Nora el intento le pareció zafio y no dudó en hacérselo saber. Amenazar la colaboración entre la policía y Fragrancia era ridículo. Desde luego, la empresa los necesitaba para mantener en secreto su actividad, pero las fuerzas del orden tenían mucho que perder si se veían obligadas a prescindir de sus servicios.

—No caigamos en la intimidación de bajo nivel, ¿le parece? Nadie ganaría nada con eso. —Nora le tendió la carpeta. Esta vez fue aceptada—. Cuando nuestra agenda nos lo permita, podrá volver a contar con nuestra colaboración.

Caminaron en silencio unos cuantos metros. La temperatura bajaba conforme declinaba el día. Entre calada y calada, Abbad se echaba el aliento en las manos para calentárselas.

Mientras Nora se felicitaba interiormente por haber evitado el infierno logístico de aquel encargo, con la gestión de los olfatos, los descifradores y los escenarios que inventar, una idea la perturbó.

—¿Por qué esta investigación y no otra? Usted no suele acudir a mí para cosas así. No me malinterprete, que a una chica la agredan durante una fiesta es algo horrible, pero de ahí a recurrir a Fragrancia... ¿No es un poco desproporcionado? Y más teniendo en cuenta que nuestra colaboración debe seguir siendo oficiosa.

El inspector le dio una calada tan ansiosa al cigarrillo que lo consumió por completo. Conocía a la víctima. A Nora no le gustó. Pero al menos ahora comprendía la actitud de Abbad y sus amenazas de poli de película barata. Estaba implicado emocionalmente en el asunto. Nora siempre desconfiaba de los sentimientos. Sobre todo, de los ajenos. Echaban a perder todo lo que tocaban.

—¿Y si la sesión hubiera revelado la culpabilidad del sujeto, pero usted no encontrara ninguna prueba suplementaria? ¿Qué habría hecho? No necesito recordarle que una confesión bajo los efectos de la SVM no puede figurar en el expediente del caso.

Por primera vez, los ojos de Abbad se despegaron de sus zapatos y se clavaron en los suyos.

—Ocúpese de probar su culpabilidad. Yo me encargaré del resto.

Nora se abstuvo de señalarle que no había respondido a su pregunta. De todas formas, le traía sin cuidado lo que él pudiera hacer en aquel caso, ella no le ayudaría. En ese momento, el empleado del ayuntamiento surgió de la nada, o quizá de detrás de un árbol.

—Bueno, ya está bien. Le he dicho a la señorita que el parque estaba a punto de cerrar. Tengo que pedirles que lo abandonen.

Nora se disculpó y se dirigieron a la salida. Delante de la verja, Abbad cogió a Nora del brazo y, en un susurro saturado de tabaco y alcohol, dijo:

—Chispa.

La joven dio un respingo. Tuvo que usar toda su fuerza de voluntad para no mostrar su estupor. Sin esperar respuesta, Abbad le metió la carpeta en el bolso, dio media vuelta y desapareció en la esquina de la rue Contrescarpe.

—¡Mierda! —masculló Nora.

La tenía en sus manos.

3

El olfato rodeó el escritorio y dejó el maletín en el suelo. Se quitó un calcetín, levantó el pie y presionó la almohadilla biométrica con el pulgar desnudo. Hélias seguía con la mirada las fases de la operación meneándose con impaciencia. Piloto en verde, ruido de pestillo y señal sonora. El maletín se abrió al fin. Alain despejó el escritorio apartando decenas de figuritas y la colección de muñequitos de roscón que pensaba regalarle a Claudine cuando estuviera completa. Por fin, colocó el maletín en el tablero.

Hélias recibió con culpable satisfacción el disgusto de su mentor al advertir que acababa de rayar el vade de cuero con los remaches metálicos del maletín. Ya no recordaba cuántas veces había tenido que impermeabilizar el dichoso tapete a petición de Alain para protegerlo de eventuales salpicaduras de materias primas. Aunque tenía a su mentor en muy alta estima, Hélias sabía ya que él enfocaría ciertos aspectos del oficio de olfato de otra manera. Empezando por los muebles. Optaría por un escritorio de cristal. Y, aparte de las materias primas, lo estrictamente necesario. Nada de colecciones. Ninguna. Jamás.

Alain sacó una botella de aluminio en cuya etiqueta podía leerse: «Sustancia volátil memorial-500 ml», seguido de una combinación de cifras. Se colocó sobre la nariz —alargada por los años y la gravedad— un par de gafas con montura fina, movió el ratón del ordenador para encender la pantalla y empezó a teclear con una lentitud que delataba su falta de práctica. Odiaba las máquinas. De hecho, era de los que, en su día, consideró que Bernard Marti estaba yendo demasiado lejos con su Minitel.

—¿Quieres que te ayude?

—Por favor. Con la nueva plataforma, ya no me aclaro. Primero introduce el número de serie que figura en la botella. Perfecto. Y ahora, si puedes traer dos nebulizadores limpios...

Hélias se acercó al gran armario y cogió varios aparatos que había limpiado horas antes.

—Vamos a hacer un test de calidad.

—¿Para qué sirve?

—Para comprobar que la SVM no se ha adulterado desde el lugar de producción hasta llegar aquí —respondió Alain cogiendo los nebulizadores—. Con todos los robos que hay en estos momentos, Cornélia ha reforzado los controles.

Pese a su excitación, Hélias no pudo reprimir una pizca de aprensión. Era la primera vez que Alain le permitía ayudarlo en aquella tarea. Temía decepcionarlo. Peor, que fuera testigo de una reacción desmesurada cuando Hélias inhalara la SMV. Aunque sabía que, en manos de los especialistas, la sustancia volátil memorial era prácticamente inofensiva, no olvidaba que, en estado puro, podía provocar trances temibles.

Alain desenroscó el recipiente de aluminio, extrajo un poco de su contenido con una pipeta y lo trasvasó a los depósitos de los nebulizadores. Luego, colocó delante de su ayudante el aparato capaz de transformar en frío los líquidos en una nube de finas partículas.

Hélias no tenía escapatoria. Notó que se le aceleraba el corazón, pero respiró hondo y consiguió serenarse. Debía cortar de raíz cualquier pérdida de control. Sabía por experiencia los estragos potenciales de una emoción a la que no se vigila. A base de convivir consigo mismo, ahora era más o menos capaz de anticipar los ataques. Lo irónico era que aquella estricta vigilancia de su propia persona participaba activamente en su desarreglo emocional. Hacía a la vez de verdugo y de condenado.

—Prefiero avisarte: es bastante impresionante. Un cerebro «normal» —dijo Alain dibujando unas comillas en el aire con los dedos— siempre sale de la experiencia conmocionado. Pero no es nada que tú no puedas controlar.

Hélias, tenso a más no poder, asintió con la cabeza. Un escalofrío le recorrió la espina dorsal. Nunca había tenido la oportunidad de oler SVM pura y dudaba de su capacidad para soportar el shock. Pensar eso reavivó su angustia.

Se secó el sudor de las manos en los vaqueros y buscó un último gesto de ánimo en su mentor antes de lanzarse. Luego, cogió el nebulizador, lo accionó y se acercó a la nariz la ranura, que dejaba escapar un vapor lechoso. Cerró los ojos, inspiró profundamente y se recostó en el respaldo de la silla. Fuera, el sol se ponía.

Habitualmente, la sustancia volátil memorial, emparejada con un olor familiar, penetraba en las fosas nasales, se adhería a la mucosidad del epitelio olfativo y ascendía hasta los cilios receptores, situados en la extremidad de las neuronas olfativas. Estas, bajo la influencia psicoactiva de la SVM, transmitían un impulso nervioso cargado de informaciones tan potentes que, una vez pasado por el bulbo, el mensaje que llegaba al córtex sacudía toda la región límbica del cerebro. Entonces, la amígdala y el hipocampo, las dos zonas encargadas del tratamiento de las emociones y los recuerdos, vibraban con tal intensidad que los tres órganos se activaban al unísono para provocar las alucinaciones sensoriales y memoriales. En el argot, a ese fenómeno se le daba el nombre de «inmersión».

Inhalada sin una atmósfera olfativa asociada, la SVM propició una experiencia diferente. Sola, revelaba un olor sintético, acre, con notas frías, ascendentes y picantes, casi aldehídicas. Cuando el flujo de datos alcanzó el sistema límbico de Hélias, una sensación agradable se propagó por todo su cerebro. Una dulce anestesia crepitó en su cráneo. Tuvo mareos, pero no tardaron en dar paso a la euforia. El viaje se volvía excitante, apasionante. Luego, ese estado, que duró unos segundos, viró a lo agrio. Su encéfalo empezó a patinar. Un pandemónium mental se apoderó de él, que intentaba en vano detenerlo. Trataba de recordar un pasado que no existía. No aparecía nada, pero todas sus sinapsis estaban en funcionamiento. Su cerebro buscaba en una biblioteca desesperantemente vacía. Irritadas, frustradas, sus manos se aferraron a los brazos del sillón. Bajo los párpados, que seguían cerrados, sus ojos se encogieron. Hacía ímprobos esfuerzos por recordar un olvido, revivir una ausencia y volver a sentir un vacío.

Lo que había empezado siendo una sensación molesta, un poco como tener una palabra en la punta de la lengua o esperar un estornudo que no acaba de llegar, se transformó rápidamente en una irritación palpable. Cada vez que intentaba asirse a ella, su memoria lo esquivaba. Tenía la frente perlada de sudor. Por fin, exhausto, al límite de sus fuerzas, su cerebro desistió. Los efectos de la SVM se estaban difuminando. Hélias abrió los ojos. Alain le había dejado delante un vaso.

El chico se sacó la ficha del bolsillo y la hizo danzar entre sus dedos.

—Guarda eso y bebe. No te preocupes, solo es agua azucarada. Después del esfuerzo que se le ha exigido, es todo lo que pide tu córtex. —Hélias obedeció—. Bueno, ¿qué tal la primera vez?

—¿Que qué tal? Pues superdesagradable. Ni siquiera sabía qué buscar.

—La frustración. Y, a juzgar por tu enfado, diría que la has encontrado —respondió Alain desabotonándole el cuello de la camisa. La situación lo divertía mucho—. Cuando no hay ningún olor asociado a la SVM, el cerebro recibe la información de recordar, pero no comprende el qué. Como sensación es muy desagradable, lo admito. Tanto más desagradable cuanto mayor sea la calidad. Este lote no ha sido cortado —añadió señalando la botella.

Los efectos casi habían desaparecido. Hélias se relajó.

—Perdona que me haya alterado.

—¡Bah, no te disculpes! Tu reacción ha validado la remesa. Más bien hay que alegrarse.

—Debo confesar que no todo era negativo. La fase inicial ha sido incluso muy agradable.

—¿La subida? Una contrapartida molesta que nos causa muchos problemas. Hay tarados que intentan sintetizar la SVM solo por esa euforia del principio. —Alain se levantó y se desperezó—. De hecho, por culpa de esos tarados, ahora tenemos tarados aún mayores que nos la entregan. —Señaló la pantalla con el dedo—. Ayúdame a comunicar el resultado a Fragrancia. Luego, te vas a descansar. Te lo has ganado con creces.

4

Hélias subió andando los tres pisos que lo separaban de su domicilio. Con la bicicleta al hombro y las compras desollándole las manos, ascendía cada peldaño con un poco de miedo. El peligro era la bolsa de productos de limpieza. Aquella traidorzuela amenazaba con romperse cada vez que la balanceaba de forma un poco brusca. Hélias le suplicó mentalmente que resistiera. Su contenido era esencial para adecentar su habitación. En el último rellano, lo dejó todo en el suelo con un suspiro de alivio. Una hazaña de la vida cotidiana.

Debía su dúplex de cien metros cuadrados en pleno barrio de Bollée a su compañero de piso. Adam había tenido el buen gusto de nacer en una familia rica. Una web de anuncios por palabras había hecho de intermediaria entre ellos dos. Nada presagiaba que surgiría una amistad. El uno perseguía a la multitud como un alcalde en periodo electoral, mientras que el otro padecía la compañía de la gente; Hélias llevaba un régimen de vida estricto y Adam parecía buscar el tesoro de los templarios en el fondo de cada copa de alcohol.

Esa noche de viernes era la imagen de sus diferencias. En cuanto Hélias entró, la algarabía lo aturdió. Una docena de individuos parloteaba en el salón. Su compañero de piso se acercó a él haciendo eses, con la camisa empapada en sudor y más transparente que blanca pegada a los michelines.

—¡Hombre! No te esperaba tan temprano... ¿Te encuentras bien?

Adam estuvo a punto de caérsele encima.

—Sí, sí —respondió Hélias con un hilo de voz.

—No, no lo estás. ¿Es por la fiesta? Lo siento, colega.

El alcohol no afectaba a la perspicacia de Adam. Por toda respuesta, Hélias sacó la ficha y empezó a deslizársela entre los dedos. La sorpresa, sumada a la ansiedad social, lo había apabullado. Saludar, hablar, reaccionar, responder eran, seguramente, acciones corrientes; a él, sin preparación, se le hacían muy cuesta arriba.

Cerró los ojos y respiró hondo. Decenas de olores, todos característicos de una fiesta, se ofrecieron a su nariz. La cerveza derramada por el suelo, el sudor cumínico de los cuerpos, los canutos fríos en el fondo de los vasos, el tabaco caliente saliendo en volutas brumosas de los pulmones... También percibió el agua de colonia de Adam y la signatura del gel húmedo que se había aplicado sobre el pelo rubio. Incluso captó un perfume femenino con notas de rosa que se deslizaba entre los invitados, garabateando en el aire del salón. Difícil de detectar, no habría sabido señalar la fuente. Perderse de aquel modo entre los olores lo calmó. Era una especie de meditación olfativa, una forma única y personal de gestionar sus crisis.

—No te preocupes, nos largamos a otro sitio.

—No, no hay problema, quedaos.

Su compañero era considerado. Ese rasgo de su carácter explicaba el aprecio que le tenía Hélias, pese a sus diferencias.

—No te creo. Finges sonreír.

—No te preocupes, todo vuelve a estar en orden.

Adam le rodeó el cuello con el brazo sudado y, contento, lo arrastró hacia sus amigos para hacer las presentaciones. Mientras Hélias adornaba su carrera profesional, le sirvieron un chupito de *peppermint* lleno a rebosar. Cuando hablaba con alguien ajeno a Fragrancia, Hélias siempre contaba que era el ayudante de un aromaterapeuta. Para apoyar la mentira, incluso se había aprendido cuáles eran los beneficios de ciertos aceites esenciales sobre el cuerpo.

—¡Pues ya nos dirás qué cura esa menta! —le había soltado un tipo cuyo nombre ya no recordaba, señalando el licor de su copa.

Todos rieron de buena gana, y Hélias echó el ancla en un sillón. Poco a poco, recuperaba el dominio de sí mismo, alejándose de las turbulencias, como un nadador que consigue escapar de una poza de marea. Pero sabía que, en cuanto se relajara, las corrientes lo arrastrarían mar adentro. Así que iba a su ritmo. El secreto estaba en la moderación. De vez en cuando, participaba en un debate, reaccionaba ante una anécdota, daba su opinión o incluso hacía un par de preguntas. Pero todos esos esfuerzos lo cansaban, y no tardó en sentir que las olas se lo llevaban lejos. Cambio de plan. Decidió interpretar un papel que no le exigiera tanto: el de oyente. Eso le permitía mantenerse a flote sin luchar. Ser un figurante era la mejor manera de permanecer sobre el escenario sin intervenir. Pero cuidado: en realidad, escuchar, escuchar de verdad, requiere una participación activa. Y todo el mundo coincidía en que Hélias sobresalía en eso. Reaccionaba a todo lo que se decía con muecas, con unas cuantas palabras, con gestos. Sin afectación. Su sinceridad conmovía, desarmaba a los demás. Ese rasgo de su carácter lo hacía simpático, disimulaba su singularidad. A veces, como contrapartida, un interlocutor atento se interesaba por él. Era poco frecuente, pero no inimaginable. Si, en ocasiones así, perdía pie y se debatía interiormente hasta quedarse sin fuerzas, no lo dejaba traslucir. Jamás. Alertar equivalía a hacer realidad el ahogamiento. Volvía a dirigir la conversación hacia el otro con suavidad y, de ese modo, se dejaba llevar hacia aguas tranquilas.

* * *

La fiesta estaba en su apogeo. La gente hablaba a voces, se gastaba bromas y reía. Hélias escuchaba a una chica que echaba pestes de su novio. Había encontrado a alguien con quien desfogarse y no estaba dispuesta a soltarlo. Salió a relucir todo, desde la relación del susodicho con su madre hasta el gruñido que soltaba cuando se corría: Hélias se enteró de todo lo relacionado con la intimidad de la pareja. Aquella chica no iba a saber nada sobre él. Ni media palabra. Habría podido descubrir, por ejemplo, que, gracias a sesiones diarias de meditación, su interlocutor había desarrollado un olfato excelente. Mientras que la mayoría de la gente llegaba a la plena consciencia concentrándose en sonidos, sensaciones o la respiración, él utilizaba la nariz. Ese ejercicio había sido decisivo en el perfeccionamiento de sus dotes. Para ilustrar sus habilidades, incluso habría podido confiarle que ella emanaba un ligero olor a crema hidratante a base de almendras, muy adecuada para las manos ásperas. Pero aquella chica no estaba allí para interesarse por la vida de Hélias. La suya, con sus problemas de pareja y su piel seca, parecía bastarle. Lástima.

Conforme avanzaba la noche, los dos coinquilinos fueron perdiendo a sus compañeros ocasionales uno tras otro. Cada desaparición se convertía en una prueba más del triunfo de Hélias sobre su ansiedad social. Acabaría la velada victorioso, feliz y borracho. Completamente borracho. La cabeza le daba vueltas. Al cabo de un rato, su delgado cuerpo se derrumbó en el sofá. Hasta los mechones negros le caían sobre los ojos. Lo único que aún se mantenía erguido era su larga y fina nariz. Asistía a los últimos instantes de la fiesta como quien ve una película a cámara rápida. A su alrededor, el mundo estaba desenfocado y se movía demasiado deprisa para poder contemplarlo. De todas formas, nunca lo había comprendido realmente. Se tambaleaba, con el estómago vacío, en el cansancio de las noches de alcohol. Sensaciones inhibidas, aturdidas. Con las primeras luces, se hundió en el sueño.

5

Sin miramientos para con el feliz mortal que dormía a su lado, Nora Olsson encendió la lámpara de su mesilla y, renunciando a perseguir el sueño por más tiempo, se deslizó fuera de la cama. La blandura de la moqueta bajo sus pies fue la pequeña victoria del solaz sobre la resignación. Desnuda, rodeó la cama con andares felinos y cogió la bata que colgaba del respaldo de la silla. Silla que tenía el exclusivo fin de recibir sus prendas en tránsito: ni demasiado sucias para ir a la lavadora ni lo bastante limpias para colgarlas en el armario. Al pasar por el espejo colgado de la pared del dormitorio, echó un rápido vistazo a su silueta. Cada encuentro con su imagen era una ocasión para entregarse a un extraño examen: comprobar si, por una de esas casualidades, no habría crecido un poco. Lo justo para sobrepasar el metro sesenta. No era exigente. Mientras esperaba ese dichoso día, se recogió los rubios cabellos en lo alto de la cabeza en un grueso moño que le hacía ganar unos centímetros. Para cada desaire de la naturaleza, existía una estratagema.

Entretanto, el durmiente, con el velludo torso humedecido aún por el sudor de sus retozos, llenaba la habitación con sus ronquidos. Nora apenas lo conocía, solo lo había visto en tres ocasiones, siempre para «hacer catleya». El sexo había sido menos espectacular que las otras veces, pero Nora no podía tenérselo en cuenta. La culpa era de ella. No paraba de darle vueltas a la conversación con Abbad. «Chispa». Soltando aquello, el muy cerdo había saboteado su negativa. Decenas de preguntas se atropellaban en su mente. La más temible de todas: ¿qué sabía Abbad realmente? Demasiado, estaba claro. Y no podía darle ocasión de demostrarlo. Si Abbad le contaba algo a Cornélia, Nora podía despedirse de su puesto. Esa idea la consternó. Fragrancia lo era todo en su vida. Lo último que necesitaba era un chivato, maldita sea. Sobre todo, ahora. Con el aumento de las fugas de SVM en casi todo el país y la reestructuración interna iniciada por Cornélia para solucionar el problema, su indicador de estrés estaba en máximos. No tenía elección: debía ceder y jugar al juego de Abbad. Al menos, por ahora.

Antes de salir del dormitorio, echó un último vistazo a su compañero de coito. Parecía tranquilo, satisfecho incluso de sí mismo. Orgulloso del trabajo realizado, seguramente. Nora puso los ojos en blanco. Su sueño era una afrenta para ella. Su paz, un insulto. Se anudó el ceñidor de la bata con fuerza, como para impedir que su desnudez se escapara, y dejó al desconocido a solas con sus ronquidos.

Los restos de una cena engullida a toda prisa seguían vergonzosamente esparcidos por la mesa del comedor. La excitación había podido más que el apetito. Lo que en su momento le había parecido electrizante ahora se le antojaba un desastre.

Como nunca se hacía la comida, su cocina no era más que un elemento decorativo. Se puso a recoger, pero lo pensó mejor. Había ido al salón por un motivo muy concreto: resolver rápidamente aquel asunto de la violación. Estaba en juego la tranquilidad de su empresa y, por ende, la suya.

Cogió el dosier de Abbad y se sentó en el sofá. Volvió a ver su cara de ultratumba en el parque. Hacía tiempo que lo trataba, y nunca le había parecido tan lúgubre. Se habían conocido cuatro años antes, al iniciarse la colaboración entre Fragrancia y las fuerzas del orden. Ahora Ali Abbad era el delegado para el sector de Melun. Un buen tío, más bien tímido y reservado; nunca decía una palabra más alta que otra. Por eso, su chantaje la descolocaba todavía más. Una amenaza siempre es más temible en boca de alguien discreto. Nora añoraba al investigador comprensivo y respetuoso con los límites de cada uno, y se preguntaba en qué momento la cordialidad había decidido echarse al monte. Aquella chica debía de ser alguien importante para él.

Audrey, veinticinco años. Una joven sin historia, aparentemente. Nora echó un vistazo a los diversos documentos y se detuvo en la declaración de la víctima.

SOBRE LOS HECHOS:

PREGUNTA: ¿Puede relatarme los hechos que han motivado su presencia en comisaría?

RESPUESTA: Creo que me violaron durante una fiesta.
¿No me hace ninguna pregunta? Prefiero que me pregunte usted.

PREGUNTA: ¿Quién organizaba la fiesta?

RESPUESTA: Émilie, una compañera de la escuela de enfermería. Sus padres se habían ido de fin de semana. Tenía la casa para ella sola.

PREGUNTA: ¿Conocía a algún otro invitado, aparte de Émilie?

RESPUESTA: Al principio, sí; luego, menos. La dirección de la fiesta había circulado por las redes sociales, y varios desconocidos intentaron colarse.

PREGUNTA: ¿Émilie los dejó entrar?

RESPUESTA: A todos no, solo a algunos. Porque eran colegas de colegas.

PREGUNTA: Al final, ¿cuántos eran ustedes?

RESPUESTA: Unos cuarenta, diría yo.

PREGUNTA: ¿Y cuántos eran hombres?

RESPUESTA: La mitad, puede que más.

PREGUNTA: ¿Y después?

RESPUESTA: Después, celebramos la fiesta.

PREGUNTA: ¿Qué entiende usted por «celebrar»?

RESPUESTA: Hablar. Jugar a juegos de alcohol. Bailar. Hacer fotos. Hacer lo que se suele hacer en las fiestas, lo normal... Pero no me acuerdo muy bien.

PREGUNTA: ¿Bebió demasiado?

RESPUESTA: Sí, bueno, no, creo que no. Me tomé una copa y, poco después, empecé a encontrarme mal.

PREGUNTA: ¿Perdió de vista su copa en algún momento?

RESPUESTA: Sí, varias veces. Mientras jugábamos, la dejé en la mesa del comedor.

PREGUNTA: ¿Podría describir sus sensaciones?

RESPUESTA: Ya no estoy segura, la verdad. La cabeza me daba vueltas y tenía náuseas. Estaba atontada...

PREGUNTA: ¿Qué hizo al darse cuenta de su estado?

RESPUESTA: Subí al primer piso para echarme. Émilie me había dicho que podía dormir en la habitación de su hermano menor.

PREGUNTA: ¿Él no estaba?

RESPUESTA: No, dormía en casa de un amigo, creo.

PREGUNTA: ¿La acompañó alguien a la habitación?

RESPUESTA: No. Sí. Ya no estoy segura. Puede que Émilie, al principio. Creo que le daba miedo que vomitara. Pero sé que me acosté sola.

PREGUNTA: ¿Por qué?

RESPUESTA: La cama era estrecha, y me dije que así nadie se echaría a dormir a mi lado. Alguien borracho, por ejemplo.

PREGUNTA: ¿La habitación no podía cerrarse por dentro?
RESPUESTA: No, aunque ni siquiera pensé en hacerlo.
PREGUNTA: ¿Se durmió de inmediato?
RESPUESTA: Como estaba mareada, me tumbé en la cama. Sé que me dormí completamente vestida. No quería cambiarme.
PREGUNTA: ¿Por qué? ¿Estaba inquieta por algo?
RESPUESTA: Sí y no. Nunca se sabe. También, porque no quería que me vieran en ropa interior.
PREGUNTA: ¿Qué pasó después?
RESPUESTA: La verdad es que no lo tengo claro. No sé si lo soñé o si pasó realmente.
PREGUNTA: ¿Puede ser más precisa?
RESPUESTA: Me resulta muy duro hablar de eso. No me siento bien.

Se hace constar que la declaración se interrumpe durante diez minutos.

PREGUNTA: ¿Qué cree usted que ocurrió, Audrey?
RESPUESTA: Tengo recuerdos muy vagos. Como flashes.
Me abrían la boca para introducir un miembro.
PREGUNTA: ¿Era usted consciente de ello?
RESPUESTA: No. Parecía algo muy lejano. Sobre todo, tenía la sensación de que me ahogaba en sueños.
También sentí algo en el bajo vientre.
PREGUNTA: ¿Puede ser más concreta?
RESPUESTA: En la vagina. Tuve la sensación de que me introducían algo.
PREGUNTA: ¿Tiene idea de qué era?
RESPUESTA: No. Recuerdo que hubo un momento en que me sacudían tanto que me entraron ganas de vomitar. Luego, nada más.
PREGUNTA: Al despertar, ¿cómo llegó a la conclusión de que la habían agredido?

RESPUESTA: Estaba desnuda y me dolía mucho el bajo vientre. Además, había sangre en las sábanas.
PREGUNTA: ¿Dónde estaba su ropa?
RESPUESTA: Tirada en un rincón del cuarto.

Nora cerró la carpeta, sobrecogida. Tenían poco. Muy poco. Pobre chica. Conocía lo bastante el sistema judicial para saber que los casos de violación que implicaban a víctimas amnésicas —o no, de hecho— pocas veces se resolvían. No obstante, que un fiscal se tomara en serio aquel caso la sorprendía gratamente. Puede que las cosas estuvieran cambiando, después de todo.

Se levantó y fue al vestíbulo. En un bolsillo de la chaqueta de su ligue encontró un paquete de cigarrillos adornado con la foto de un pie necrótico. No se había atrevido a fumar delante de ella, pero el aliento lo había delatado. Ella fumaba de vez en cuando. Sobre todo, cuando estaba preocupada. «Lucky Strike rojos. Deben de ser fuertes. Perfecto», se dijo.

6

Con una resaca de padre y muy señor mío, Hélias tuvo que sacar fuerzas de flaqueza para arrastrar su cuerpo hasta la cocina.

Su compañero de piso, tan hipocondriaco como desorganizado, tenía medicamentos repartidos por casi todo el dúplex. Pero esta vez los Dolipranes no estaban escondidos ni en el cajón de los cubiertos ni en el de al lado. Así que Hélias se conformó con un vaso de agua del grifo. Adam bajó poco después, en calzoncillos. Desde donde se encontraba, Hélias podía percibir el aroma a rosas de la desconocida de la fiesta en la piel de su compañero.

—¿Has dormido bien?

—Vestido en el sofá —respondió Hélias frotándose la zona lumbar.

—Parecías estar tan a gusto... No me atreví a despertarte.

—Gracias. El pijama y la cama están sobrevalorados.

Adam le sonrió y abrió el frigorífico.

—¿Tienes algo previsto antes de marcharte, o lo de siempre?

—Pasaré por el gabinete de aromaterapia y, luego, iré a dar una vuelta.

—Ya, lo de siempre.

—¿Sabes dónde están los Dolipranes?

—¿Has mirado en la caja de los fusibles?

* * *

Hélias dejó la bicicleta en el piso y fue andando a la oficina. Por el camino, se detuvo en la panadería para comprar un bocadillo y un pastel. Antes de comérselo, tuvo que convencerse de que las avispas que revoloteaban por la vitrina no se habían posado encima. Luego, bajó por la rue de Bolton, cruzó la place de la République y, por fin, tomó el boulevard René Levasseur.

La sucursal estaba desierta. Era agradable estar en aquel sitio vacío y silencioso. Abrió el despacho de Alain y sacó decenas de materias primas del armario metálico. La revisión de las gamas podía comenzar. Empezó a oler todas las esencias a ciegas. Gracias a su avezada nariz, analizó cada olor y listó todas sus facetas. Lo apuntaba todo en un cuaderno; aquel año ya llevaba tres. A cada efluvio le asociaba un color, un recuerdo, pero sobre todo una emoción, él, que tenía tantas que, a la menor contrariedad, le hacían perder el control.

A los diecisiete años, un psiquiatra le había diagnosticado hiperemotividad. Hélias había recibido el dictamen con cierto alivio. Poner nombre a tu enemigo es el primer paso para luchar contra él. Se había sentido diferente toda su vida sin saber por qué. Por ejemplo, se había dado cuenta de que su forma de analizar el olor peculiar de sus interlocutores no era del todo normal. Así que cada instante era una lucha contra su hándicap emocional, pero también contra su molesta tendencia a olisquear todo lo que había a su alrededor.

Una tras otra, aspiró las materias primas. Cuando acabó, fue a buscar más, y repitió la operación hasta que se hizo de noche. Se saltaría el paseo. Qué lejanas le parecían las cefaleas olfativas de los primeros días... Ahora podía revisar gamas durante todo un día sin pestañear; en el origen de su dolor de cabeza solo estaba el *peppermint*. Se detuvo en seco cuando una tira de pruebas empapada de esencia despertó en él una sensación fugaz. En el recipiente podía leerse: «Citral». El apunte de un recuerdo agradable dio paso rápidamente al deseo de revivir ese instante. Se levantó y fue al baño. Apoyándose en el borde del lavabo, desplazó una placa del falso techo, introdujo la mano y sacó un paño arrebujado. Envuelta en él, había una botellita de aluminio.

Después de cada extracción de sustancia volátil memorial, Alain dejaba que Hélias se deshiciera de la pipeta usada. Pero él siempre recogía las escasas gotas que habían quedado en el interior del tubo. Así había conseguido reunir casi diez mililitros de SVM pura. Si alguien llegaba a enterarse, tendría que devolver su acreditación de Fragrancia y conseguir una mochila térmica de Glovo. Ni Alain podría salvarlo.

Mezcló el psicotrópico con la materia prima con olor a limón y se sentó cómodamente en su silla. Cuando su postura le pareció la adecuada, accionó el nebulizador e inspiró los vapores. La cabeza le dio vueltas unos instantes.

Al principio, fueron las notas frías y cítricas las que se expresaron; luego, las facetas afrutadas. Su cerebro le ofreció numerosas reminiscencias, todas borrosas. Como un catálogo hojeado tan deprisa que los artículos no se distinguen. Luego, las anécdotas se precisaron. En su mente se formaron palabras. Seguía deslizándose, pero esta vez consiguió agarrarse a algunos recuerdos: verano, sol, camping, perfume, fruta, tarta... Allí estaba. Lo había localizado. Volvió a él. Tenía la frente perlada de sudor. En el argot de Fragrancia, aquella experiencia se conocía como «panorama». La técnica consistía en aislar un olor corriente y familiar. De los que encontramos a menudo a lo largo de nuestra vida. El cerebro reaccionaba proponiendo diversos recuerdos asociados con él, y ya no había más que elegir uno y refinarlo. Hélias había dado con el suyo.

Era la primera vez que visitaba a los Fisson. Alain y su mujer vivían en una hermosa casa, no muy lejos de Le Mans. El camino que llevaba de la carretera a la escalinata estaba flanqueado por pinos. Al fondo del jardín, incluso había una piscina desbordante y una pista de tenis de asfalto. La casa propiamente dicha olía a almizcles blancos. Hélias, que en esa época era uno de tantos pacientes, lo recordaba perfectamente. Un olor a limpio peregrinaba de habitación en habitación, sutil, suave y hospitalario. Ese aroma lo había marcado, porque contrastaba con el incómodo caos que reinaba en la casa. Ya en esa época, las colecciones del olfato se comían todo el espacio disponible, y Hélias se movía por las estancias con la terrible aprensión de un derrumbe inminente. Sería la primera víctima de una avalancha doméstica en la historia de la humanidad. Aquel día, Alain lo había invitado a sentarse en el salón. Aquella sala pertenecía a Claudine Fisson, y las colecciones de Alain tenían la orden de esconderse. Apasionada de las plantas de interior, las había colocado por todas partes, de todo tipo y de todos los tamaños. En la mesita baja, un generoso ramo de muguete esperaba que se acercaran a él para murmurar su olor. Poco después, Claudine había vuelto de la cocina con una gran sonrisa en los labios y dos porciones de tarta de limón en una bandeja.

Hélias, contento de tener su recuerdo, se levantó para buscar las materias primas que necesitaba, las ordenó frente a él y las destapó. Luego, concretó la atmósfera. Los almizcles blancos de la casa, el cloro de la piscina, la hierba cortada del jardín, el cemento caliente de la pista de tenis, la savia de los grandes pinos, el polvo de los objetos que habían permanecido demasiado tiempo en el mismo sitio, el parquet encerado, el mantillo de las plantas, la recreación de un muguete... Y, por supuesto, añadió el citral, esencia mayoritaria en la tarta de limón y espina dorsal de su recuerdo. Había olvidado algunos olores, pero con aquellos tenía de sobra.

Cuando terminó, puso en marcha el nebulizador. La zambullida fue tan brutal que no le dio tiempo a sentarse bien en la silla y estuvo a punto de resbalar en ella y caer al suelo.

* * *

—Cielo, necesito hablar con Hélias. ¿Te importa dejarnos solos?

Alain parecía avergonzado ante Claudine.

—¿Sabes por qué le regalo muguete a mi marido todos los años?

Claudine cogió una ramita de la planta y se la tendió a Hélias.

—¿Porque es la tradición?

El joven acercó la nariz a una de las campanillas. El olor suave, blanco y verde le hizo pensar en los ambientadores para el baño. Se reprochó esa asociación.

—Pero, hombre, si estamos a principios de junio... —dijo Claudine, divertida.

—¡Cielo! Esto es serio.

Alzando el índice, Claudine hizo callar a su marido y, sin apartar los ojos de Hélias, le explicó la particularidad del muguete. Como la lila, la peonía y también el lirio, aquella flor era tan frágil que ninguna técnica de extracción permitía obtener su esencia o su absoluto. Pero los perfumistas, que no soportaban que algo se les resistiera, habían hecho trampa. Con la ayuda de su nariz y de la química orgánica, habían conseguido reproducir de forma artificial el olor del muguete, tan celosamente guardado por la naturaleza. A esas plantas se las llamaba «flores mudas».

—Entonces, ¿lo hace para recordarle que se calle?

La risa de Claudine hizo titilar el salón. Hélias se puso rojo.

—Pues mira, no lo había pensado. Lo hago para que recuerde no ocultarme nunca nada. Porque siempre encontraré la manera de hacerlo hablar.

Así era como Claudine había conseguido estar presente durante el momento crucial de la vida de Hélias.

En ese instante, su recuerdo se aceleró.

La nitidez y la exactitud de la reminiscencia dieron paso al fuego de las emociones.

—Me he percatado de tu facilidad para los olores. Tienes muchas dotes.

Aquella frase pronunciada por Alain resonó con tal fuerza en su cabeza que le provocó una alegría intensa. A continuación, el olfato le pedía que fuera su ayudante, y él aceptaba sin dudarlo. Por primera vez, confiaban en él. Por primera vez, en algún sitio, en un camino que no llevaba a ninguna parte, le daban una razón para avanzar. Sus emociones se atropellaban. Orgullo, agradecimiento, alivio... Se le imponían en su multiplicidad. Hélias lo aceptaba todo. Era hermoso, enorme y, sobre todo, estaba exacerbado por los efectos de la sustancia volátil memorial.

Por último, para celebrar la noticia, Claudine volvía de la cocina con las dos porciones de tarta de limón. Qué buena era... Parecía que acabara de salir de la pastelería. La nostalgia tiene esa increíble capacidad de embellecer todo lo que toca. La tarta estaba bien, pero en su recuerdo rayaba en lo divino.

—Los defectos de mi marido son sistemáticamente atenuados por su talento como cocinero.

El comentario los había hecho reír.

* * *

Hélias emergió del trance contento y exhausto. Aquel paréntesis le hizo echar de menos a Claudine, así que se prometió visitarla antes de marcharse al centro de Fontainebleau. Se levantó, devolvió la SVM a su escondite y se tumbó en el sofá. El cansancio hacía que le picaran los ojos. El psicotrópico había reavivado, decuplicándolo, el recuerdo del momento que señalaba el final de su calvario y sus vagabundeos. Le había recordado todo lo que le debía a Alain. Sereno como un hijo que se reconoce en los ojos de su padre, se durmió.

7

Para Nora, esa mañana de sábado también fue movida. Su aventura de una noche acariciaba la idea de convertirse en una aventura para toda la vida. Hábil diplomática por encima de todo, ella utilizó todas las fórmulas imaginables para explicarle que su destino lo esperaba en otra parte. Como no hay mayor tonto que el que no quiere comprender, su charla se había saldado con un fracaso. Poco después, se lo encontró desnudo en la cocina. Con toda su cara dura, se estaba poniendo un café en la taza favorita de Nora. Todo el mundo tiene una taza favorita. La que une un buen aislamiento térmico, una comodidad aceptable en la mano y una gran capacidad. ¿La ofensa definitiva? Luego él, todavía en cueros, se sentó delante de la tele para ver *La hora del consumidor*. Entones ella se dejó de paños calientes y le señaló la puerta sin contemplaciones. La breve noche había acabado con su paciencia.

Nora vivía rodeada de pocas cosas, como en esos pisos piloto que sirven para que los posibles compradores dejen volar la imaginación. Todas sus posesiones, muebles incluidos, cabían en una furgoneta de doce metros cúbicos. Lo sabía porque el día de su mudanza solo había hecho falta un viaje. Consideraba que su dinero estaba mejor empleado si lo invertía: todos sus ahorros iban a parar a bienes inmuebles. De momento, era propietaria de dos pisitos en la periferia de París, de los que se ocupaba una sociedad de gestión, porque Nora odiaba administrar. Ya que su vida profesional era complicada, quería una vida personal lo más sencilla posible. Para despejarse, corría. Siempre que sentía la necesidad de hacerlo. Casi todos los días. No tenía ningún animal de compañía, las ataduras la irritaban. Veía a sus padres y a sus dos hermanos en los cumpleaños y en Nochevieja. A veces, en un entierro. Eso bastaba.

Con más de dos entrevistas concedidas por semana, la gestora de crisis había decidido acondicionar su despacho personal como sala de videoconferencias. Era el único lugar de su casa en el que se podía ver un cuadro colgado de la pared. Cuando se conectaba, aparecía detrás de ella. Nora no conocía al autor, y había elegido la obra más inofensiva posible. Bloques de colores suaves y formas más o menos geométricas levitaban sobre un fondo pastel. Inocuo, luego perfecto.

Buscó la ficha de Steve en sus contactos favoritos de un programa de videoconferencias encriptado y clicó en el icono «Llamada». En su calidad de director del programa de Ciberseguridad, su subordinado estaba muy solicitado entre el personal de Fragrancia. Y, ahora que el encargo había adquirido una dimensión personal, estaba claro que Nora iba a abusar de él. Cuando su imagen apareció en la pantalla, ella reconoció las oficinas del centro en segundo plano. Steve la saludó con una mano mientras con la otra rebuscaba en una bolsa de gominolas.

—¿Qué haces en el centro? —le preguntó—. ¿No sabes que es fin de semana?

—Aquí la conexión a internet es alucinante. Un giga de vídeo se descarga en doce segundos. Esta mañana me he bajado todos los episodios de *One Piece*. ¿Quieres que te los copie en un lápiz de memoria?

Steve cogió una fresa Haribo de la bolsa y la lanzó al aire. No consiguió atraparla con la boca, pero hizo como si nada. Nora sonrió.

—No, gracias. No me puedo creer que hayas ido a la oficina para ver mangas...

—Son animes. Y te aseguro que habría preferido quedarme en casa. Un blog de tres al cuarto me ha fastidiado el finde. Anoche unos imbéciles publicaron un artículo bastante revelador sobre Fragrancia. Para frenar el *leak*, incluso he tenido que pedir ayuda a las gemelas.

Steve movió la webcam para que enfocara a dos chicas en plena partida de pimpón.

—Sí, parecen muy estresadas.

—Bueno, es que llegas después de la batalla, ¿sabes?

Primero se habían dedicado a trolear la página con comentarios que desacreditaban al bloguero. Como eso no había sido suficiente y el número de lecturas y enlaces compartidos seguía aumentando, habían pasado al siguiente nivel. A las 10.12, el trío había lanzado un DDoS, es decir, un ataque de denegación de servicio distribuido. Consistía en solicitar a una gran cantidad de ordenadores que enviaran simultáneamente un enorme flujo de peticiones hacia el sitio web. Eso sobrecargaba el servidor seleccionado y provocaba la interrupción total de la actividad. En cuestión de minutos, el blog había cedido el sitio a una página de «404 error». Se necesitarían horas para reparar los daños.

Steve tenía un papel esencial en Fragrancia. Aunque había quien calificaba su trabajo de censura, él consideraba que consistía en garantizar la discreción. La función principal de su equipo era verificar el perfil de cada futuro paciente. Escudriñaban en la vida de quienes deseaban participar en sesiones de olfacción memorial mediante investigaciones exhaustivas. Listaban sus estudios, sus trabajos, sus direcciones, sus amistades, sus hobbies, sus tendencias políticas y todos sus hábitos de consumo. Aunque los clientes eran personas maduras en su mayoría, tenían al menos una página en Facebook, lo que facilitaba la tarea de Ciberseguridad. La gente no se imagina la cantidad de información que da en las redes sociales. «No les pedimos nada, y nos lo dan todo —solía decir Steve con gran cinismo—. Lo que hacemos no es espiar, es como abrir la ventana para mirar fuera».

En caso de que las búsquedas digitales no dieran resultado, ni en las redes sociales ni en internet, se negaba el acceso al interesado en cuestión. Pura y simplemente. Cornélia no estaba dispuesta a correr ningún riesgo. Cuando de proteger Fragrancia se trataba, iba incluso más lejos: para tener alguna posibilidad de que te admitieran, era necesario que te apadrinaran dos clientes y, si alguno de los tres violaba las normas, los tres iban fuera. Pese a estas trabas, las solicitudes no dejaban de aumentar. La compañía presentaba resultados que habrían hecho palidecer a las empresas francesas más prósperas. Cornélia veía a Steve y su equipo como los guardianes de su imperio y les destinaba una partida presupuestaria casi ilimitada.

Nora escaneó el dosier del investigador Abbad y se lo envió.

—¿No irás a darme más faena después del escándalo que acabo de sofocar?

—Esto es importante. Con tus habilidades, no te llevará ni diez minutos. Necesito al mejor.

Steve se sonrojó.

—Vale, ¿qué tengo que hacer?

En la documentación que Abbad había sido tan amable de entregarle en el parque, Nora había descubierto el nombre del principal sospechoso, un tal Simon Vilmet. Y, después de leer todo lo que la policía sabía sobre él, había llegado a la conclusión de que una investigación a fondo no estaría de más.

—Ven a verme el martes. Tu tipo ya no tendrá secretos para mí.

Con un Steve en las filas de la policía judicial, los casos se resolverían en un visto y no visto, se dijo Nora. Le dio las gracias, pero no pudo despedirse. El jefe de Ciberseguridad puso fin a la conversación y, un instante después, la pantalla negra del ordenador reflejaba el rostro de la gestora de crisis. Si Simon Vilmet ocultaba algo, acababa de poner sobre su pista a un investigador fuera de serie.

8

A Alain cualquier excusa le parecía buena para pasar por la oficina en domingo. Comprobar el nivel de SVM, ventilar el despacho, limpiar la máquina de café... Detrás de esos pretextos se ocultaba la voluntad de volver al trabajo cuanto antes. Ese día, el destino le había puesto uno en bandeja. Un administrador del centro le había proporcionado una acreditación para realizar una captación de atmósfera. Así que, antes de ponerse en camino, había ido a recoger un órgano de perfumería casi tan viejo como él. Para Fragrancia, un baúl lleno de materias primas, en la era de la inteligencia artificial y los aparatos portátiles de *headspace*, era una extravagancia antediluviana. Por el contrario, Alain no comprendía la carrera hacia la innovación iniciada por la empresa. Estaba convencido de que tarde o temprano el mundo volvería a entrar en razón y pondría fin a la estampida tecnológica. Mientras tanto, él no cambiaría ni una nota de su partitura.

Cuando hizo girar la llave en la cerradura, advirtió que la puerta no estaba cerrada con dos vueltas. Con paso sigiloso, avanzó por el pasillo y entró en la sala de espera, donde encontró a Hélias durmiendo en el sofá. Despertó al chico, que puso la cara de una liebre perdida en medio de la A10, y le propuso que lo acompañara. Le dio el motivo ideal, puesto que era fundado: ayudarlo con el GPS. La última vez que Alain había utilizado el maldito chisme para hacer el trayecto Le Mans-Agen tuvo que enseñar el carnet de identidad en la frontera española.

Aturdido y azorado, todavía medio dormido, Hélias era incapaz de recordar qué hacía en la oficina. Ante su expresión de pánico, Alain lo tranquilizó. Una vez restablecidas todas las conexiones, Hélias sacó la ficha y empezó a jugar con ella. Las cosas volvían a estar en orden.

—Venga, ayúdame a bajar el órgano al coche.

—¿Adónde vamos?

—Al mar.

* * *

Del maletero del deportivo llegaba un ruido de vasos que entrechocaban. El habitáculo vibraba. Alain circulaba a toda velocidad haciendo chirriar los neumáticos en las curvas.

A medio camino, comprobó la actitud de su pasajero por el rabillo del ojo. Cómo lo exasperaba su aire perdido al principio... De hecho, Hélias habría seguido siendo un simple paciente si un día no hubiera demostrado tener una agudeza sorprendente. Tanta que, en la siguiente visita, lo invitó a cenar en su casa para ofrecerle el puesto de ayudante. La mejor decisión de toda su carrera.

Al cabo de un rato, Hélias pareció recuperar la lucidez. Parpadeó, se desperezó y subió el volumen de la radio. A veces, Alain se preguntaba adónde lo llevarían sus pensamientos. Desde luego, lo bastante lejos para dejarlo alelado en el mundo de los seres conscientes.

Alain sentía por él un afecto casi paternal. Y estaba agradecido por ese sentimiento inesperado, dado que su oligospermia reducía a cero sus posibilidades de tener hijos. De todas formas, Claudine nunca los había deseado.

Conforme se acercaban a su destino, el aire se cargaba de yodo. No tardarían en llegar.

Alain aparcó y apagó el motor. La radio y su programa sobre la salud enmudecieron, dejando a Hélias con una pregunta fundamental: el ayuno intermitente ¿se recomendaba o no?

Antes de salir, Alain le pidió que abriera la puerta con cuidado. No quería que su colección de tíquets de peaje saliera volando. Hélias cogió el pesado baúl por las asas y lo sacó del maletero. Luego tomaron el sendero que atravesaba las dunas. Oían el oleaje rompiendo en la arena. El aire era tibio. Caminaron unos minutos hasta llegar al centro de la playa. Aparte de las gaviotas y algún surfista, ni un alma a la vista.

Por un gesto de la mano de Alain, Hélias comprendió que debía preparar el órgano. Se inclinó sobre el baúl, soltó los dos cierres de mariposa cromados y lo abrió. Un ingenioso mecanismo hizo aparecer unos subcompartimentos, y el baúl se transformó en una torrecilla de estantes. Cada cajón estaba lleno de frasquitos que contenían líquidos. Estaban clasificados por familia olfativa: arriba, los cítricos; abajo, los furanos y, en medio, las notas verdes. Orientarse era un juego de niños. Hélias acarició los tapones con las yemas de los dedos. Como atraído por el canto de los olores, tenía ganas de aspirarlos todos.

Alain se acercó y empezó a inventariar los frasquitos.

—¿Puedes traducirme la atmósfera que nos rodea?

A Hélias se le hizo un nudo en la garganta. Se secó el sudor de las manos en los pantalones y dio unos pasos por la playa. Estaba agitado. Era la primera vez que lo intentaba por sí solo.

Alain se agachó para sentarse en un montículo, y no se cayó de espaldas de milagro. A lo lejos, los surfistas se deslizaban por las arrugas del océano.

La atmósfera era tan rica que Hélias no sabía por dónde empezar. Miró a su alrededor en busca de un punto de referencia olfativo. Algas entibiadas por el sol, la rala vegetación de la duna, el mar y sus salpicaduras, la arena seca, la arena húmeda... Era un bombardeo de información. Alain se había tumbado boca arriba.

—¡Vamos, muchacho, respira!

Esa simple frase fue un electroshock para el joven. Cerró los ojos y dominó su barullo interior. Las conversaciones del mundo se apagaron y el silencio lo envolvió. Al cabo de unos instantes, los olores empezaron a murmurar. Hélias comprendía su lenguaje. El de lo invisible, el de lo indecible. Convirtió cada olor que le llegaba a la nariz en materia prima. Todos, sin excepción. Dio nombres a los fantasmas. Nombres bárbaros. Nombres químicos. Nombres científicos. Cuando le llenaron la boca, los recitó en un susurro. Nombrar es dominar. Los efluvios se volvían suyos. Y así, el olor de la arena se metamorfoseó en tonalide. Aquella materia prima de la familia de los almizcles policíclicos poseía facetas terrosas y secas. Hélias tendría que empaparla en agua para acercarse a la realidad. La geosmina, ese era el compuesto químico que la humedecería. Un chillido de gaviota más tarde, Hélias se enfrentaba a los sargazos. El absoluto de alga mezclado con nonadienal iría bien. Se sacudió el pantalón y volvió junto al baúl. Se agachó y, una vez tuvo el absoluto, buscó el frasco de nonadienal en los estantes. En vano. Antes de quejarse a Alain, se le ocurrió buscarlo por su nombre completo: «Trans-2-cis-6-nonadienal». Tuvo éxito. Además de un toque de pepino y de hoja de violeta, aquella molécula proporcionaría potencia aérea al absoluto. Mezcló el olor de la arena y de las algas, y se acercó a la nariz una tira de prueba empapada con la mezcla. Un buen comienzo, pero no lo bastante convincente. Calone. La materia emblemática de las notas marinas, la sacerdotisa de lo ozónico y la reina de lo acuático. Alain solo tenía una solución al diez por ciento en etanol. Hélias se las apañaría con eso. Aquella sustancia imitaría el olor del roción, de la espuma.

Su compuesto empezaba a parecerse a algo. Aunque de momento Hélias solo veía en su trabajo una vulgar caricatura. El torpe remedo de una realidad demasiado rica para captarla por entero. La mezcla, tal como estaba, era un insulto. Una última nota, y se convertiría en un homenaje. Mirando los centenares de etiquetas, se fijó en una de ellas: «Acetato de linalilo». Perfecto. Un buen chorro aportaría al acorde una vibración explosiva y le otorgaría una fluidez argentada, casi de escama de pez.

Alain, que lo observaba de lejos, lo encontró distinto. Ya no veía a un chico pusilánime, alelado y emocionalmente disfuncional. Ahora su persona emanaba una seguridad insolente. La misma seguridad de la que Alain había sido testigo cuatro años antes, en su despacho.

—Sin ti, la oficina va a parecer vacía.

El viento, que empezaba a soplar con fuerza, impidió que el comentario llegara a oídos de Hélias. Pero Alain no lo repitió. Aquel arranque de sinceridad había conseguido franquear la barrera de su pudor. No volvería a dejarse sorprender.

* * *

Hélias continuaba con las pruebas, modificando las dosis después de cada intento. Gota tras gota, color tras color.

Al cabo de unos minutos, alzó la cabeza y anunció que había terminado. Guardó el material, limpió los instrumentos de vidrio y le tendió el frasquito a Alain. Este se lo acercó a la nariz. No olió nada. Solo la base alcohólica. Afrutada y empalagosa. Disimuló su decepción detrás de una sonrisa cortés.

—¿Y bien?

—Una trascripción tímida. Pero no te preocupes. Durante la formación en el centro, tendrás mucho tiempo para mejorar.

Hélias bajó los ojos. Una ráfaga de viento le levantó el pelo y le dejó la cara al descubierto. Pálida, triste.

Alain lo tranquilizó. Era completamente normal, le faltaba experiencia. Reproducir una atmósfera sin máquina representaba un reto francamente difícil, si no imposible. Pocas personas eran capaces de semejante proeza, y estaba seguro de que, si seguía trabajando como hasta ahora, Hélias acabaría formando parte de esa élite. Alain se guardó el frasquito en el bolsillo, se levantó y se acercó a él para darle unas palmaditas en el hombro.

—Ojalá tú también vieras lo que yo veo en ti. Lo único que limita tus capacidades son tus miedos.

El viento barrió una duna, y la arena que transportaba azotó los rostros de los dos hombres. La naturaleza los invitaba a irse. No se hicieron de rogar.

* * *

La vuelta fue más animada que la ida. Después de aquel tropiezo, Hélias no pudo evitar compartir sus temores a fracasar en la formación como olfato en la sede central de Fragrancia. Aquel desastre hacía que le dieran ganas de renunciar y continuar como ayudante de Alain durante algún tiempo. Su mentor trataba de convencerlo de que los sueños no se aplazan, de que hay que aprovechar las oportunidades cuando se presentan.

—Comprendo que tengas miedo. Lo que estás a punto de vivir no es ninguna tontería. Pero no has hecho todo esto para abandonar en la recta final.

—¿Volveremos a trabajar juntos cuando sea olfato?

—Por supuesto. No te librarás de mí tan fácilmente.

Más tranquilo, Hélias se guardó la ficha en el bolsillo.

* * *

Tras dejarlo frente a la entrada de su edificio, Alain se quedó unos minutos estacionado en doble fila. Una intuición lo impulsó a remangarse la camisa y hundir la nariz en el hueco del codo. La técnica consistía en aspirar durante unos segundos su propio olor para reiniciar su olfato. Algunas perfumerías ofrecían granos de café a los clientes para conseguir el mismo resultado. Una vez anulada la atmósfera del habitáculo, Alain sacó el frasquito, desenroscó el tapón negro y olió de nuevo la prueba de Hélias. Volvió a enroscar el tapón febrilmente. Al intentar evaluar el acorde en la playa, había cometido un error mayúsculo. Allí, en pleno barrio de Bollée, las olas, las algas, la arena, los peces, las gaviotas, los guijarros..., todo lo que se podía visualizar a la orilla del mar acababa de apabullarlo.

Decididamente, Hélias era la mejor decisión de su carrera.

9

Esa mañana de lunes, Nora releía sus notas para la entrevista telefónica con el programa matinal de France Inter. Una de sus muchas funciones en la empresa consistía en hablar con los medios y desactivar los rumores que el equipo de Steve no conseguía neutralizar. Televisión, radio, prensa: luchaba en todos los frentes.

La política de Cornélia en lo relativo a la comunicación era simple, asombrosamente simple: para vivir tranquilos, vivamos ocultos. Con ese fin, la directora general ahuyentaba sin descanso a todo aquel que intentara cubrir el tema de Fragrancia. Utilizaba todos los medios disponibles, lícitos y no tanto, para mantener a su empresa en la sombra. Hasta ahora, esa política de «cero información» había funcionado de maravilla, pero, desde hacía unos meses, se enfrentaba a dificultades. Con el aumento de la desconfianza ciudadana respecto a las redes sociales y la creciente popularidad de las teorías conspirativas, su compañía alimentaba las fantasías más disparatadas. Si se añadía a eso una tasa de admisión de nuevos pacientes ridícula, lo que se obtenía, al modo de ver de muchos, era una logia masónica dirigida por reptiles *illuminati*. Durante la última semana, un vídeo clandestino del interior del despacho de un olfato se había convertido en un pequeño éxito en internet. El departamento de Ciberseguridad no había necesitado mucho tiempo para identificar la sucursal de Grenoble y, menos aún, para descubrir al improvisado informador. Aunque su caso se había gestionado en la más estricta intimidad, el clip había abierto el apetito de los medios respecto al misterio de Fragrancia. Con aquella entrevista, Nora esperaba recordar a todo el mundo que la suya era una empresa normal.

El teléfono sonó a las ocho en punto. Hacía mucho tiempo que hablar en directo había dejado de preocuparla. Tranquila y distendida, escuchó a la ayudante, que la informó sobre el desarrollo de la entrevista y, tras pedirle que apagara la radio para evitar las interferencias y los ecos, la transfirió con el estudio 7/10. Tras una escueta presentación de la empresa —la locutora no podía hacer otra cosa, dada la escasa información disponible—, entraron en el meollo de la cuestión.

—Pero, en concreto, ¿qué servicios ofrecen ustedes en Fragancia?

Fiel a su discurso aprendido, Nora afirmó que solo ofrecían los servicios habituales de los centros de bienestar y aromaterapia. Insatisfechos con la respuesta, sus interlocutores replicaron que conocían pocos centros de bienestar que aplicaran una política tan restrictiva en cuanto a las inscripciones y cultivaran el secreto hasta esos extremos. Nora repuso que su compromiso era garantizar a sus clientes la mayor discreción. Esa garantía era lo que los impulsaba a acudir a un instituto tan exclusivo como el suyo. Irritada, la locutora contraatacó:

—¿Y esa sustancia a la que llaman SVM? ¿Qué puede decirnos sobre ella?

—Es un activo utilizado en el marco de la relajación, nada más. Lo empleamos para potenciar las sesiones de aromaterapia.

—Sin embargo, hay quienes describen ese producto como un psicotrópico que exacerba las emociones. ¿Qué les responde usted?

—Que ignoraba que dispusiéramos de semejante invento, tendré que probarlo algún día. No, hablando en serio, los únicos activos que encontrará en nuestros centros son aceites esenciales. Y, si el extracto de lavanda empieza a considerarse una droga, más de un profesional de la salud se arriesga a acabar entre rejas. Puedo confirmarle la legalidad y la seriedad de nuestros servicios. Los rumores que circulan sobre nosotros solo son consecuencia de nuestra discreción. En una sociedad en la que hay que saberlo todo en todo momento, en todas partes y sobre todo el mundo, nuestra confidencialidad dispara la imaginación de la gente. Pero me temo que toda empresa con éxito tiene que lidiar con su porcentaje de detractores.

El otro periodista, que había permanecido en segundo plano hasta ese momento, tomó el relevo. Recientemente, una fuente había revelado la existencia de una gran operación antidroga en Marsella, y el nombre de Fragrancia se había mencionado varias veces. ¿Cómo explicaba la invitada ese vínculo entre una empresa de bienestar y la brigada de estupefacientes? Nora se hizo de nuevas y respondió que no estaba al tanto de los pormenores de aquel asunto. Era evidente que no disponían de suficiente información para que aquello representara un peligro serio.

Después de defenderse, tocaba atacar. Abiertamente amenazadora, Nora recordó la importancia que daba su empresa a la lucha contra la difamación. También aprovechó para comentar el palmarés de Fragrancia a ese respecto, solo de pasada, porque ningún periodista podía ignorar la reputación de la compañía y el precio que ciertos medios habían tenido que pagar por intentar cubrir ese tema. A lo largo de los años, Cornélia había untado a tanta gente para mantener el secreto que ahora Fragrancia era prácticamente intocable.

Frustrados por el sesgo inofensivo que había tomado la entrevista, los periodistas agradecieron a la invitada su intervención y dieron paso al resumen informativo. En portada, un nuevo récord de calor y la derrota del PSG ante el Lens en la liga.

Resuelta la papeleta, Nora ya podía centrarse en lo verdaderamente urgente. Sacó un conjunto negro del armario y se vistió. No necesitaba ponerse el uniforme de Fragrancia, porque ese día trabajaría desde casa, pero la costumbre es un parásito difícil de exterminar. Se hizo un café, regresó al despacho y volvió a sentarse. El encargo de Abbad acaparaba toda su atención; liberarse de él le permitiría volver a respirar. Ya había puesto a trabajar a Ciberseguridad. Ahora tenía que encontrar un hueco en la planificación de la semana. Comprobó la disponibilidad del resto de los departamentos cuya ayuda necesitaría. Toda la gente en la que había pensado para que la secundara durante los próximos días tenía la agenda completa, así que no le quedaba otra que conformarse con las ovejas negras movilizables. En otras circunstancias, ese inconveniente no la habría afectado, pero en esta ocasión se jugaba mucho. Se detuvo unos instantes. Las preguntas que le rondaban por la cabeza desde la víspera se volvían más apremiantes por momentos. Tenía que salir de dudas.

En el móvil, abrió una aplicación de mensajería encriptada y clicó en el único contacto de su agenda. Tras una breve vacilación —hacía mucho tiempo que no hablaban—, envió el texto: «¿Situación?».

Nora y su interlocutor tenían por costumbre comunicarse de la forma más sucinta posible. En las decenas de lacónicos mensajes que habían intercambiado, una palabra reaparecía una y otra vez: «Chispa». La respuesta fue casi inmediata y tan parca como siempre: «Quemada».

Nora acusó el golpe. Así que Abbad no iba de farol...

* * *

Todo había empezado hacia el final de su segundo año, poco después de que ascendiera de mánager en gestión de crisis a brazo derecho de Cornélia. Mientras la policía desmantelaba los primeros laboratorios clandestinos, un día Nora llevó a su despacho un lote de SMV falsificada. Aunque al principio desconfió de aquella mala imitación, no tardó en asaltarla una curiosidad perniciosa. Consiguió rechazar sus primeros ataques: su cerebro se limitaba a responder a una necesidad primaria de transgresión, se decía. Pero las ganas de probar aquella sustancia se hicieron cada vez más acuciantes. Lo que vino a continuación, como tantas veces en la vida, se debió a un cúmulo de circunstancias desafortunadas. Una concatenación de dificultades y situaciones estresantes bastaron para que Nora acabara sucumbiendo. Una noche, tras una dura jornada de trabajo, en el silencio de un despacho desbarajustado por una actividad intensa, Nora vio por primera vez en aquella sustancia una vía de escape potencial. Recreativa. Eso es lo que pensó en un primer momento. Basada en la misma molécula que la versión de Fragrancia, la SVM ilegal intensificaba sobre todo la fase de subida. El estado inicial de euforia duraba de cinco a diez veces más. En contrapartida, favorecía mucho menos la reminiscencia olfativa. Nora, que más tarde la probó con olores familiares, constató que la inmersión bajo los efectos de la SVM falsa daba a los recuerdos una reminiscencia opaca, nebulosa y química. En cierto modo, como un sueño con somníferos. Acababa grogui, con la boca pastosa y sin haber experimentado verdaderas sensaciones, salvo la de estar borracha. Así que, después de la primera toma —tampoco después de la segunda, ni de la tercera, en realidad—, Nora no acababa de entender la obsesión con aquel producto, y ahí es donde estaba el problema. Como los efectos no consistían en un desarreglo total, sino más bien en una euforia suave, Nora no fue consciente de la espiral en la que había entrado hasta que ya era demasiado tarde. A los pocos meses, estaba enganchada. La adicción, insidiosa y ruin, la había atrapado por completo y la trampa se había cerrado sobre ella. Cada vez que se presentaba una dificultad —y en su puesto se presentaban una detrás de otra—, acababa encerrándose en el despacho para evadirse durante unos minutos. Cada dosis le proporcionaba un paréntesis, un respiro que le permitía afrontar mejor el siguiente obstáculo. Como el stock decomisado por la policía se agotó rápidamente, Nora tuvo que buscarse un proveedor. Con sus contactos y su posición, fue coser y cantar. Como lugar de encuentro, su camello le propuso un estanco de París. La Chispa. Su nombre también se convirtió en contraseña. La palabra que resumía la debilidad de Nora, su adicción, su secreto. Un santo y seña susurrado. Una vergüenza enmascarada.

«Chispa». La elección le parecía chusca, ahora que toda su carrera amenazaba con irse al garete. Porque la policía había acabado por desmantelar su red y ahora la utilizaba para chantajearla. Y lo más frustrante de aquel asunto era que hacía más de un año que no consumía SVM falsa. Recordar ese periodo turbio la llenaba de angustia. Sabía que estaba lejos de haberse salvado. Cuando se ha conocido el doloroso éxtasis del abuso, ¿se puede esperar estar libre de la tentación algún día?

Respiró hondo y volvió a dejar el móvil sobre el escritorio. De pronto, sintió la necesidad de ir a correr. Se cambió, se puso las deportivas e inició su circuito habitual. Por la calma de su respiración y la respuesta de su cuerpo, supo desde las primeras zancadas que aquella sesión resultaría liberadora. En los auriculares inalámbricos, el «Run Boy Run» de Woodkid. Los planetas empezaban al fin a alinearse. No tardó en sentir los primeros picos de endorfina. Aceleró. Sus pies golpeaban el asfalto y sus muslos la impulsaban. Imparable. Corría al ritmo de la percusión. Sudando, sus músculos se distendían hasta el infinito. Ahora los problemas le parecían lejanos. En pleno esfuerzo, todo se volvía sencillo. Cuando el cerebro está ocupado gestionando el dolor, se opera una especie de salvación. Enseguida, todo lo exterior se torna fútil. En sus zancadas había algo primitivo. Ayudaría al inspector a encontrar a su culpable y todo volvería a la normalidad. A medio camino, la funda brazalete en la que llevaba el móvil empezó a vibrar en su bíceps y la música se interrumpió para dar paso al tono de llamada. Nora reconoció el número de la recepción de Fragrancia y pulsó el botón verde.

—Señora Olsson, tenemos un problema.

10

En todo el mundo, había treinta y dos olfatos. Ocho ejercían en Fontainebleau; los otros veinticuatro estaban repartidos por las grandes ciudades de Francia. Para unirse a esa élite había que seguir un proceso tan largo como complejo. Para empezar, solo podía aspirar a esa categoría un empleado de Fragrancia, lo que era un desafío en sí mismo: las plazas disponibles en las sociedades secretas no se anunciaban en LinkedIn. En segundo lugar, el asalariado, con un mínimo de cuatro años de antigüedad, solo podía incorporarse al centro de Fontainebleau con el aval y el apoyo de su mentor. Hélias Révol estaba a punto de iniciar esa fase. Luego, el periodo de formación propiamente dicho duraba entre dos y cinco años, durante los que el aspirante esperaba a que el puesto de uno de los treinta y dos olfatos quedara vacante. Llegado ese día, se le ofrecía comprar la licencia del olfato que iba a jubilarse. Por último, todos los esfuerzos del candidato podían malograrse en cualquier momento si Cornélia no veía en él el talento exigido. Nadie se convertía en olfato por casualidad.

El lunes por la mañana, Hélias acudió a casa de Alain, donde lo recogería el coche que iba a llevarlo al centro. Llegó con casi una hora de adelanto, el tiempo suficiente para tomar un café con Claudine. Al verlo entrar en la cocina, la mujer de su mentor se apresuró a darle dos besos muy cariñosos. Hélias advirtió que se había puesto uno de los perfumes elaborados por Alain, que, cada aniversario de boda, le regalaba una nueva obra suya. Una tradición que parecía inmune al paso de los años. Claudine tenía una relación extraña con los olores: sus gustos respondían a ciclos exactos, que coincidían con cada una de las siete grandes familias olfativas. En su anterior encuentro, la señora Fisson estaba en la fase «perfumes aromáticos». Al salir de su fragante abrazo, Hélias comprendió que su anfitriona había iniciado el periodo «Chipre afrutado». En su honor. Ese acorde, compuesto a grandes rasgos de bergamota, melocotón, musgo de roble, pachulí y jara estaba entre los favoritos de Hélias. Y a aquella mujer ya madura esa fórmula clásica, aderezada con una pizca de modernidad, le daba un toque controladamente juvenil.

Claudine y Hélias charlaron ante sendos cafés sin azúcar hasta que un Alain quejoso hizo acto de presencia y los interrumpió. El olfato tenía la sensación de que alguien o algo había tocado su colección de esferas de nieve. Mientras Claudine mentía descaradamente al afirmar que no sabía nada del asunto, Hélias, que intentaba retomar el hilo de la conversación, percibió una nota de indol atrapada entre las volutas de humo que ascendían del líquido negro. Aquella molécula tenía una propiedad peculiar: en estado sólido, despedía un fuerte olor fecal, pero, destilada en una cantidad muy pequeña, adquiría matices floridos y carnales. Aquella materia prima llena de paradojas era la preferida de los perfumistas para las recomposiciones de flores blancas. Con los ojos cerrados, Hélias analizaba cada nota del brebaje, dejando que el líquido se enfriara.

—Haber dicho que querías un capuchino, Hélias...

La broma de Alain no le hizo ninguna gracia a Claudine, que le dio una suave palmada en el brazo. Hacía tiempo que Alain había advertido que, cuando se refugiaba en el mundo olfativo para calmarse, Hélias parecía un avatar de videojuego desconectado del servidor principal. Y si ya ni siquiera podía ironizar sobre los comportamientos de su ayudante, el chico jamás saldría adelante. Estaba convencido: la burla permitía dar pasos de gigante en el camino hacia la aceptación y la cura.

El crujido de unos neumáticos en la gravilla del patio puso fin a sus reflexiones. La despedida fue breve. Al fin y al cabo, Alain no tardaría en visitar el centro para participar en una asamblea general extraordinaria. Por todo equipaje, Hélias llevaba una maleta llena de ropa negra. Estricta etiqueta de vestimenta impuesta por Cornélia, una de sus muchas excentricidades. Un individuo se apeó del coche y abrió la puerta trasera sin decir palabra. Inquieto, Hélias lanzó una última mirada en dirección a Claudine y Alain y desapareció en el habitáculo. A las diez en punto, la berlina con los cristales tintados abandonaba el domicilio de los Fisson.

* * *

Durante el trayecto, Hélias advirtió que su escolta exhalaba un ámbar barato. Ese hecho lo tranquilizó un poco. Creía que el personal del centro usaría algo más sutil que un perfume del súper.

Era la primera vez que se ausentaba de su ciudad durante tanto tiempo. Había crecido en Le Mans y, hasta hacía solo unos años, estaba convencido de que moriría allí. En un mundo globalizado, en el que la norma parecía ser moverse constantemente, estirar la pata en el hospital que te había visto nacer se convertía en un acto de rebeldía. Como si fuera consciente de la seriedad que revestía aquel viaje para su pasajero, el chófer le regaló dos horas y media de un mutismo digno de una marcha silenciosa. Hélias aprovechó para recuperar el sueño atrasado.

Entreabrió los ojos una primera vez cuando sonó el estridente ¡bip! del peaje automático y se despertó del todo cuando el coche abandonó la nacional. Después de unos diez minutos por una sombría vía secundaria, el conductor tomó un camino asfaltado y bien cuidado para adentrarse en el bosque. Los árboles que bordeaban la calzada parecían dos murallas infranqueables. Hélias se contorsionó para intentar ver sus copas a través de la ventanilla. Tenía la sensación de que se estaban internando en un reino verde.

El coche se detuvo al final del camino, delante de una enorme verja. Dos guardias salieron de una garita, y el chófer les tendió un carnet negro similar al de Alain. Las puertas de hierro forjado se abrieron muy lentamente, y el coche volvió a arrancar.

* * *

Hélias se había montado muchas películas sobre el mítico centro de olfacción memorial, pero ninguna lo había preparado para aquella primera impresión.

Un inmenso jardín inglés camuflaba lo que parecía una casa señorial. Varios jardineros se afanaban alrededor de los macizos de flores. Hélias reconoció lavandas, que florecerían en julio, rosas centifolias de carnosos pétalos y densos arbustos de celindas cuajados de estrellas blancas. Hasta donde alcanzaba la vista, las peonías se alternaban con imponentes columnas ataviadas con madreselvas. También vio un túnel de glicinias abiertas que llevaba hasta un lilo de dos metros de alto. Una nube de mariposas danzaba a su alrededor. Había flores por todas partes. Verdaderas soberanas en su reino, relegaban a Hélias al papel de simple súbdito. Bajó el cristal de la ventanilla. Entre las facetas animales de las flores narcóticas, el olor meloso a azahar aportado por la falsa acacia y las facetas verdes, crujientes, almendradas, especiadas, de eugenol, de rosa, de decenas de otras fuentes todavía desconocidas, todo el parque parecía proclamar sus bucólicos y embriagadores aromas. Hélias estaba al borde de la sobredosis. El paraíso de las flores parecía requerirlo para devorarlo mejor. Tantos efluvios por definir, tantos datos que interpretar... Temía la angustia que estaba por venir. Con toda certeza, aquel mundo vegetal y su sobreabundancia de información le impedirían desarrollar una meditación olfativa eficaz. Y, si se dejaba llevar, estaba convencido de que acabaría sufriendo un ataque de epilepsia olfativa. No sabía si existía esa enfermedad, pero prefería no averiguarlo. Ante el desbarajuste de sus ideas, no tardó en tener que subir de nuevo la ventanilla y sacar la ficha para calmarse.

Como para impresionarlo aún más, el chófer conducía a paso de hombre. Algunos pacientes, la mayoría de edad avanzada, se paseaban por los senderos de gravilla. Un sauce llorón se relajaba al sol. Abejas, mariposas e insectos de todo tipo retozaban por aquel escenario surrealista. Poco a poco, Hélias recuperó el control de sus emociones. El coche tomó una curva, y el edificio apareció al fin detrás de una hilera de árboles. Tenía cuatro pisos y estaba flanqueado por dos alas más pequeñas. Individuos en bata blanca bajaban los peldaños para recibir al público al pie de la amplia escalinata. Grupos de personas charlaban en el exterior. Algunas ventanas de la planta baja estaban abiertas y se podían entrever las habitaciones, llenas de pacientes y terapeutas. Verdaderos cuadros vivientes. En la mente de Hélias, surgió la imagen de una industriosa colmena. Detrás de la mansión, a uno y otro lado, vio dos importantes dependencias. Al fondo, se distinguía otro edificio tan grande como el principal, en obras. El coche lo dejó delante de la entrada y siguió su camino en dirección al aparcamiento, situado al este del parque.

Hélias subió la imponente escalinata, en lo alto de la cual lo esperaba una azafata. La joven lo acompañó a la recepción, esperó a que se registrara y, luego, lo guio a través de una de las alas del edificio y le pidió que aguardara en una sala de espera estrecha y decorada con sobriedad. El dispensador de agua y los bidones de recambio sugerían que se encontraba en la parte del complejo reservada a los empleados. Se sentó y sacó el móvil. No había cobertura. Segundos después, un guardia de seguridad, imponente y amenazador, irrumpió en la sala y le lanzó una mirada feroz. Los móviles estaban prohibidos en todo el recinto. Obediente, el joven dejó que le confiscara el aparato. Pero aquel tropiezo no atenuó su excitación. Por fin tenía la oportunidad de conseguir que Alain se sintiera orgulloso de él y demostrar a todos la amplitud de sus aptitudes. Cuatro años aprendiendo, analizando y memorizando. Cuatro años transformando los recuerdos en olores, cuatro años esperando su turno. Se sentía preparado. En unos minutos, la puerta del fondo se abriría y el director de contratación entraría en la sala de espera. Acto seguido, aquel magnífico guardián le daría acceso al imperio de Fragancia. Con el salvoconducto en el bolsillo, él ya solo tendría que agarrar su destino con las dos manos y hacer realidad su sueño: convertirse en olfato. Bastaba con que aquella puerta se abriera. Justamente aquella, en la que colgaba una nota interna para informar de que el director de contratación estaba disfrutando de una excedencia.

11

Por supuesto, la gestión del departamento de contratación le había tocado en suerte a Nora. El brazo derecho de Cornélia empezaba a creer que una ausencia imprevista suya provocaría el cierre de Fragrancia por falta de personal. Por suerte, en aquellos momentos, de todos los cargos que ostentaba, aquel era de lejos el que menos dedicación exigía. Su única obligación consistía en enviar correos a las sucursales de vez en cuando para recordarles la interrupción temporal del proceso de contratación, tarea que se tomaba muy a pecho, puesto que llevaba seis meses mandándoles ese recordatorio cada quince días. Cuál sería su sorpresa cuando desde la recepción la telefonearon en pleno footing para comunicarle que un candidato la esperaba en el centro.

Al instante, había contactado con su chófer, que en esos momentos conducía a tumba abierta en dirección a Fragrancia. Sentada en el asiento trasero, Nora revisaba en su tableta la información relativa al aguafiestas. Se llamaba Hélias Révol y desde hacía cuatro años ocupaba el puesto de ayudante en la oficina de Le Mans. Aquella sucursal, dirigida por Alain Fisson, quinto olfato de la circunscripción del Gran Oeste, era tan insignificante que Nora casi había olvidado que existía. Dos empleados y ciento treinta pacientes, unas cifras ridículas. Con un gesto vivo, desplegó la ficha de Hélias y se detuvo en la foto. Tenía la cara delgada, las mejillas hundidas y una nariz imponente pero fina, que recordaba la aleta de un tiburón. Remataba el conjunto una pelambrera morena y rizada. Pero lo que atrajo su atención fueron sus ojos, negros y tristes. A Nora le gustaban los hombres de mirada melancólica. Le inspiraban confianza. Apagó la tableta, la guardó en el compartimento portaobjetos de la puerta y, mordisqueándose el índice, se preguntó cuál habría sido el origen de aquella complicación y cómo podía ponerle remedio.

Porque, aunque Hélias lo ignoraba, ante el aumento de los robos de SVM, la proliferación de los laboratorios clandestinos y la reiteración de las filtraciones a los medios, Cornélia había decidido actuar. Considerando que la pérdida de control y la divulgación de sus actividades se debía a la expansión de Fragrancia, había emprendido una política de reducción de la cobertura territorial de la empresa. También había previsto, en el mayor secreto, cerrar las sucursales menos productivas de las veinticuatro existentes. La de Le Mans figuraba entre las siete infortunadas. Pero una decisión de ese calado debía someterse ineludiblemente al voto de los olfatos, reunidos en asamblea general. Así que Cornélia, que no tenía nada que envidiar a los lobistas más porfiados, llevaba medio año preparando el terreno, consolidando su influencia, reorganizando Fragrancia y negociando la aprobación de la medida por parte de las sucursales que no se iban a ver afectadas. Detener la contratación de futuros terapeutas por un motivo inventado había sido una de sus primeras medidas.

Nora entrecerró los ojos. ¿Por qué, pese a una docena de correos recordándole la suspensión de las contrataciones, el tal Fisson había mandado a su ayudante diez días antes de la fecha elegida para celebrar la asamblea? Volvió a coger la tableta, cerró el perfil de Hélias Révol y clicó en el de su mentor. El sitio web de Fragrancia tenía un registro que contenía información sobre cada uno de sus empleados. Pero solo estaba disponible para algunos privilegiados. Naturalmente, Nora Olsson era uno de ellos. En un espacio específico de la ficha, descubrió una nota digital dejada por el director de recursos humanos: «Tecnófobo irredento; contactar preferentemente a través del teléfono fijo de la oficina».

—¿Todo bien, señora?

El chófer la miraba por el retrovisor. Hacía cinco años que la llevaba a todas partes. Testigo silencioso de su ascensión, sabía cuándo le preocupaba algo.

—Sí, aparte de que un olfato al que llevo seis meses mandándole emails no los lee...

—No tiene usted más que llamarlo.

—Me encantaría, pero es demasiado tarde. François, no aparte la vista de la carretera, por favor. A esta velocidad, no estamos más que a un estornudo del Gran Arquitecto del universo.

Tratándose de una reforma tan impopular, Nora sabía que Cornélia contaba con el efecto sorpresa para conseguir la aprobación de la medida. Para la directora general, mantener en la ignorancia a los siete olfatos afectados era un modo de evitar que se organizaran por adelantado y lograran formar una coalición disidente mayoritaria.

—Pero ¿qué tiene eso que ver con el ayudante?

Esta vez, François se había vuelto hacia ella.

—¡La vista en la carretera, por el amor de Dios! —le repitió Nora, aterrada—. Fragrancia nunca ha negado un periodo de prueba a un candidato propuesto por un olfato —le explicó—. Si rechazo a Révol, me arriesgo a ver aparecer a su mentor pidiendo explicaciones. Justo lo que Cornélia quiere evitar.

Por más vueltas que le daba, solo se le ocurría una solución. Tan sencilla como frustrante: habría que aceptar a Révol y quedárselo hasta el día de la asamblea.

* * *

Unos diez minutos después, el coche llegaba a la verja del centro. En la entrada, dos guardias parecían discutir con un paciente. Sus posturas y sus gestos sugerían que trataban de cerrarle el paso. Intrigada por la escena, Nora le pidió a François que parara y fuese a averiguar qué ocurría.

—El tipo está asistiendo a sesiones por la cara. Hace casi un mes que dejó de pagar —dijo el chófer volviendo a sentarse al volante.

—¿Cuántas debe?

—Quince, señora.

Nora miró a través de la ventanilla. El hombre, medio desvestido por los forcejeos y los empujones para alejarlo de la verja, parecía magullado.

—¿No habrá preguntado cómo se llama, por casualidad?

François sacó la cabeza por la ventanilla y le gritó a uno de los guardias que le dijera el nombre del desterrado.

—Para hacer eso, me bastaba yo... —gruñó Nora, molesta.

—Perdón, señora.

En la tableta, averiguó que el paciente, que había enviudado hacía poco, utilizaba las sesiones de olfacción memorial para revivir los momentos felices compartidos con su difunta mujer. El hombre le había confiado al olfato asignado a su caso que estaba tratando de vender su casa para empezar de cero. Con un nudo en la garganta, Nora le pidió a su chófer que se acercara a la garita de los guardias.

—Dejen pasar a ese pobre diablo. Solo por esta vez —les ordenó, y volvió a subir el cristal de la ventanilla.

Actuando así, sabía que iba contra la política de Fragrancia. Pero conocía de sobra la adicción contra la que luchaba aquel hombre. Para aquel desventurado, las dosis de recuerdos no eran necesarias, eran vitales.

El coche la dejó ante la escalinata. Nora entró en el edificio, cruzó el vestíbulo, subió al primer piso y recorrió varios pasillos, hasta llegar a la puerta de la sala de espera. Respiró hondo, se alisó el traje negro y llamó con los nudillos.

Lo primero que cautivó a Hélias no fueron ni sus ojos avellana ni su cabello rubio impecablemente recogido sobre la cabeza, ni tampoco su pequeña estatura. A decir verdad, en un primer momento, no se fijó en nada de eso. Quedó inmediatamente subyugado por el perfume seductor, explosivo, delicioso y embriagador que la joven irradiaba en la sala. Su estela imponía una escucha total, y él se sometió. Sin rechistar.

—Me llamo Nora y te doy la bienvenida en nombre de todo el equipo.

12

Con la maleta abierta a sus pies, Hélias contemplaba su nuevo domicilio. Como Nora había sido escueta en sus indicaciones, tuvo que fiarse de su sentido de la orientación para guiarse. Su olfato le decía que se encontraba en el último piso del ala sur. Mientras recorría el último pasillo, había advertido que toda la planta estaba ocupada por dormitorios. Sin embargo, las otras ocho habitaciones, tan pequeñas como la suya, estaban vacías. Sacó sus pertenencias y las guardó en la cómoda, el único mueble aparte de la cama.

Más espartano, imposible, se dijo palpando el colchón, que dejó escapar un quejido estridente bajo la presión de sus manos. El catre de muelles debía de datar de la Segunda Guerra Mundial. Se sentó en el borde y esperó a que Nora fuese a buscarlo. Sin móvil, los minutos no tardaron en hacérsele eternos. A su generación no le habían dado la oportunidad de conocer el aburrimiento y aprender a soportarlo. No tenía consigo el ordenador, y las paredes de la habitación estaban desnudas. Lamentando no haberse llevado un libro, se puso a mirar las agujas de su reloj. Una actividad como cualquier otra, al fin y al cabo. Hubo un momento en que habría jurado que el minutero había dado un salto atrás.

Sus ojos encontraron la ventana y se acercó a ella. Un tejado en primer plano y un mar de follaje hacían la vista tan poco interesante como el interior. Cuando volvió a sentarse, el colchón soltó un nuevo chirrido, como si quisiera recordarle que también él tenía motivos de queja. Olfativamente, la habitación era igual de insulsa. No había ningún olor a pintura o a polvo. La nada más absoluta. Estuvo a punto de abandonarla y partir a la aventura. Pero no lo hizo. Las instrucciones de Nora habían sido claras: tenía que esperar a que ella volviera. Le importaba demasiado su puesto para cometer la menor transgresión.

El purgatorio duró una hora, pero a Hélias le parecieron cinco. Cuando empezaba a perder la esperanza de que alguien lo sacara de allí algún día, oyó unos golpes de nudillos en la puerta. Su libertadora.

—¡Está abierto! —exclamó sin intentar siquiera disimular la emoción de su voz.

Nora y su embriagador perfume penetraron en la habitación. La joven llevaba en las manos una pila de ropa plegada.

—Siento que te hayan alojado en este dormitorio. Estamos en plena ampliación.

—No se preocupe; aunque no lo parezca, el colchón es bastante cómodo. Eso sí, hace un ruido curioso.

Para demostrarlo, Hélias botó con las nalgas encima de la cama. Cuando una chica le gustaba, se transformaba automáticamente en un ser extraño e inadaptado. Mientras esa idea cruzaba su mente, notó que se sonrojaba al recordar la vez en que, aunque la situación no se prestaba a ello, le había mostrado a una paciente que sabía formar un trébol de tres hojas con la lengua.

—Un lote de batas negras. El uniforme de los olfatos —dijo Nora sonriendo, y le dejó las prendas al lado.

El comentario emocionó al joven. Por supuesto, el hábito no hacía al monje, pero era la primera vez que lo invitaban a enfundarse el de su oficio.

Se cambió y bajaron para la visita.

* * *

Cornélia había comprado la propiedad veinte años atrás. Rodeada por el bosque y una gran verja, era un lugar impenetrable y garantizaba la confidencialidad más absoluta. La leyenda contaba que la fundadora, tras inspeccionar el terreno de más de dos kilómetros de circunferencia, había hecho una oferta de compra a un desconcertado agente inmobiliario sin echar ni siquiera un vistazo a los edificios. Las obras para transformar el lugar en un lujoso complejo habían durado dos años.

Nora y Hélias accedieron al jardín por la gran escalinata de caliza. El imponente bloque de piedra tallada, calentado por el sol durante toda la tarde, emanaba un olor seco y calcáreo. Un olor estival, que por un instante transportó a Hélias al patio de gravilla de la casa de sus abuelos. Mientras lo guiaba por el parque, Nora le explicó el funcionamiento del centro. Los pacientes, una vez verificado su perfil, venían de todo el país para participar en sesiones de olfacción memorial. El centro los recibía de lunes a viernes y los repartía entre los ocho terapeutas residentes. Para los beneficiarios y los ochenta empleados, los olfatos era auténticas estrellas del rock. Algunos se comportaban como tales, aunque la mayoría fingían modestia. Sin embargo, después de varios años en la empresa, Nora podía afirmarlo: todos sin excepción se sentían superiores, le confió a Hélias haciendo un breve alto.

El joven aspirante agradeció la franqueza de su guía. Era consciente de la relación privilegiada que mantenía con Alain y, desde hacía unos días, temía la acogida que le darían los otros olfatos. Saber que, en opinión de Nora, no carecían de defectos lo tranquilizó un poco. Si su relación con ellos acababa siendo tormentosa, la culpa no sería solo de él. La joven reanudó la marcha y, con ella, las explicaciones. En aras, una vez más, de la confidencialidad, Fragrancia mantenía su especificidad francesa. Ni una sola sucursal fuera del Hexágono. La paranoia de Cornélia se extendía incluso a los territorios de ultramar. Y ciertamente un mercado internacional habría multiplicado el peligro de fugas de SVM. No obstante, la empresa ofrecía sus servicios a los extranjeros, siempre que cumplieran los requisitos de admisión y estuvieran recomendados por dos padrinos fiables.

—¿Conoces la historia de Fragrancia? —le preguntó Nora volviéndose hacia él.

Orgulloso de saberse la lección, Hélias repitió lo que le había contado Alain una noche mientras tomaban una copa. El pasado de la compañía estaba íntimamente ligado al de su directora general. Gran aventurera, Cornélia había descubierto la SVM en la década de 1990 durante un viaje a Siberia oriental. Un chamán aleutiano la había iniciado en los ritos de su tribu: empleando las raíces de una planta endémica con virtudes especiales conocidas únicamente por los inuit, el chamán provocaba, a su manera, trances por fumigación. Cornélia se trajo a Francia algunas de esas raíces para aislar el principio activo y, cuando se le ocurrió asociarlo a olores familiares, inventó el fenómeno de la inmersión.

Nora se echó a reír.

—No está mal, esa versión no la conocía. La última vez que hice esta pregunta me contaron que Cornélia había trabajado como química para un cártel colombiano y que había sintetizado la SVM por casualidad, mientras buscaba una nueva droga para cruzar la aduana estadounidense sin que la brigada canina la descubriera.

—Bueno, entonces, ¿cuál es la verdad?

Nora se encogió de hombros. Quizá Cornélia había desarrollado la fórmula mientras trabajaba para un grupo farmacéutico.

O tal vez se había limitado a comprarle el principio activo a una tercera persona. Incluso podía ser que la estructura molecular de la SVM se le hubiera aparecido en sueños. Y seguramente esa era la mejor lección que se podía extraer de aquel galimatías y la única cosa en la que todo el mundo podía ponerse de acuerdo: Cornélia dominaba el arte del secretismo.

* * *

La visita continuó en el laboratorio olfativo, situado en uno de los edificios anexos. Por un momento, Hélias dudó de que la empresa para la que trabajaba Alain fuera la misma que él estaba empezando a descubrir. Como el maletín biométrico para el transporte de la SVM, todo el centro reflejaba el desarrollo tecnológico. Máquinas que no había visto en su vida presidían aquel templo de la modernidad. En el centro de la sala había decenas de mesas de laboratorio rodeadas de estanterías que contenían miles de esencias olorosas. Una abundancia a la que el joven aspirante tampoco estaba acostumbrado. Y, gracias al sistema de ventilación, que funcionaba a plena potencia, el aire no estaba cargado de efluvios, como en la mayoría de los laboratorios de perfumería, incluido el de Le Mans. Frente a aquel *non plus ultra*, la oficina de Alain parecía de lo más rudimentaria. Era como comparar una azada de la Edad Media con una desbrozadora hidráulica con cabezas giratorias.

Por el camino que los llevaba al que sería su lugar de trabajo, varios técnicos de laboratorio saludaron al recién llegado. Hélias respondió con una sonrisa tímida. Más tarde, alguien se encargaría de explicarle cómo funcionaba la biblioteca de materias primas y el robot encargado de distribuirlas.

En el edificio principal, Nora le mostró los sitios que visitaría con frecuencia: la cocina, la sala de descanso, la sala de espera, el comedor y buena parte del complejo. Luego, en una de las plantas reservadas a los terapeutas, Nora se detuvo ante una puerta, comprobó la hora en su reloj y llamó tres veces con los nudillos. No hubo respuesta. Nora entró, seguida de Hélias.

Era una sala enorme que, gracias a dos ventanas en arco, estaba inundada de una luz viva y natural. En uno de los muebles de estilo Luis XVI descansaban varias esculturas africanas. En el suelo, una alfombra Cordélie de la casa Hermès atrajo la mirada de Hélias. Ya había visto una, pero solo en foto, en una de las innumerables revistas que coleccionaba Alain. El techo, a tres metros de su cabeza, exhibía una lámpara moderna formada por anillos dorados entrelazados. Un diván de terciopelo naranja estaba instalado cerca de una pared adornada con fotografías enmarcadas. En el centro destacaba el sueño de Hélias, un escritorio exclusivamente de cristal.

—Bienvenido a la consulta de uno de los ocho.

Hélias se acercó a las fotografías.

—¿Es el que está al lado de Chirac?

—Sí. —Nora se colocó junto a él—. Está muy implicado en la política de su país natal, Senegal. Ahí puedes verlo junto a Abdoulaye Wade. Y allí, estrechándole la mano a Moustapha Niasse durante su última visita a París.

Ante la expresión desconcertada del chico, Nora precisó que se trataba del expresidente de la Asamblea Nacional de Senegal. Hélias alzó la cabeza y, avergonzado de sus lagunas, cambió de tema.

—¡Ah, eso sí lo reconozco! —exclamó señalando un nebulizador de los que se utilizaban durante las sesiones de olfacción memorial. Al cogerlo, vio una frase grabada en la parte inferior—. «Basta con nombrar algo para que el significado aparezca bajo el signo» —leyó en voz alta.

—«Léopold Sédar Senghor» —completó Nora—. Bueno, vámonos. Por hoy ya es suficiente.

Hélias dejó el nebulizador en su base y la siguió. Nunca había visto tal acumulación de cultura en una misma habitación. Antes incluso de conocerlo, aquel olfato le hacía saber que no pertenecían al mismo mundo. Y en ese momento el joven aspirante habría dado lo que fuera por formar parte de él.

13

Al día siguiente, a la hora de apertura, los coches de los pacientes formaban ya una larga cola delante de la verja de forja. Los guardias verificaban la identidad de cada conductor antes de permitirle entrar en el parque. Cualquier persona cuyo nombre no apareciera en la lista de pacientes aprobados era rechazada automáticamente. Desde la ventana del comedor, Hélias tenía una vista inmejorable de la escena. Después de haber estado a punto de escaldarse, soplaba distraídamente sobre la taza de café mientras se preguntaba qué podía esperar. La perspectiva de su primer día en el centro lo tenía en ascuas. Desde su llegada, una vocecilla interior no había dejado de repetirle que no estaría a la altura. En algunos momentos, conseguía acallarla. Esa mañana, no.

Cuando acabó de desayunar, se dirigió al vestíbulo e indicó en la recepción que buscaba a Nora. Mientras lo acompañaban al departamento de Informática, se sentía como un niño bajo vigilancia durante un viaje escolar. Al llegar, encontró a Nora en animada conversación con un hombre apenas mayor que ella, repantigado en una silla *gaming*. Al ver a Hélias, el desconocido se interrumpió y se volvió hacia la joven, sorprendido.

—¿Quién es?

—Un aspirante a olfato —respondió Nora, incómoda.

—¿Ah, sí? Creía que habían detenido las contrataciones...

—Yo también. Hélias, te presento a Steve. Y detrás de él, los miembros de su equipo... —añadió haciendo un gesto con la barbilla hacia un grupo de cinco personas.

Ninguna de ellas reaccionó al saludo de Hélias. Steve se echó a reír.

—No te lo tomes a mal, son un poco hoscos —dijo—. Pero ¿qué modales son esos, chicos? Cuando alguien da los buenos días, se responde. Aunque vengan de un *muggle* —añadió, y acompañó su reprimenda lanzando un chorro de caramelo líquido hacia uno de los monitores.

Cuando alcanzó la pantalla, su usuario farfulló unas cuantas barbaridades antes de murmurar un «buenos días» apenas audible. Los demás, por miedo a recibir a su vez una rociada de caramelo, también saludaron a Hélias.

—¿Puedes esperar fuera? —le preguntó Nora—. Solo serán unos minutos...

* * *

Las pesquisas de Steve sobre el principal sospechoso habían sido mucho más fructíferas que las realizadas por la policía. Simon Vilmet tenía veintiséis años y se movía en el mundillo de los influencers. Sin empleo —en el sentido convencional del término—, se presentaba a sí mismo como emprendedor. Se ganaba la vida promocionando productos en las redes sociales y dando consejos remunerados de todo tipo. El equipo de Steve había descubierto que Vilmet también vendía cursos en línea: *lifestyle*, deportes de combate, inversiones en criptomonedas y NFT. Manifiestamente, sus competencias no se limitaban a sus conocimientos. Dicho esto, gozaba de cierta credibilidad en el mundo de los inversores en bolsa gracias a un insolente golpe de suerte.

A principios de 2017, siguiendo los consejos de un amigo, había invertido todos sus ahorros en Bitcoins. En la época en la que un solo *token* se cambiaba por unos mil dólares, Vilmet había comprado once, que se había apresurado a revender tras el crac de junio de 2021 por la friolera de treinta y cinco mil euros la unidad. Había salido de esa lucrativa operación aureolado por una reputación que, más tarde, le había permitido sacar partido de su imagen. Multiplicando los vídeos en los que se exhibía en coches lujosos o con relojes de marcas prestigiosas, promocionaba un estilo de vida ante un público joven e influenciable que le pagaba por ello. Huelga decir que ninguno de aquellos bienes posicionales le pertenecía.

Steve completó el retrato de Simon Vilmet mencionando su casa en el extrarradio de París, su soltería y sus ganancias, que ascendían a unos cuatro mil euros mensuales.

—¿Cómo has conseguido la información sobre sus ingresos?

—Te lo he dicho muchas veces: tengo un equipo formidable. Esos tipos son el cáncer de las redes sociales. Una palabra tuya, y cierro su cuenta de Instagram.

—Ni se te ocurra. No debe sospechar nada —respondió Nora levantándose, y reflexionó unos instantes.

Con sus noventa mil seguidores, era arriesgado someter a Vilmet a un interrogatorio olfativo frontal. Le faltaría tiempo para contárselo a su comunidad en las redes sociales. Nora se tensó: aquello no pintaba bien. Habría que poner en marcha el protocolo «perfil sensible». Steve era de la misma opinión. Eso implicaba desbloquear medios colosales, pero, sobre el papel, el secreto de la existencia de Fragrancia quedaría a salvo. Nora se abstuvo de añadir que en realidad no tenía elección. El chantaje de Abbad planeaba sobre cada una de sus decisiones como un buitre sobre una carroña. Después de una rápida mesa redonda, trazaron un plan: ya que Vilmet se creía un emprendedor, montarían una farsa que apelara a su fibra empresarial. El primer paso sería la creación por parte de Steve de una tapadera digital. Su jefa le concedió cuarenta y ocho horas.

* * *

Fuera, Nora encontró a Hélias, al que entregó un smartphone un poco especial. Estaba configurado para que el puesto central de seguridad pudiera fiscalizar hasta la menor de sus actividades. En otras palabras, cuando Hélias lo utilizara, un equipo dedicado al monitoreo lo vería y lo oiría todo. Esa medida tenía la finalidad de evitar las filtraciones.

Hélias lo encontró tan intrusivo que se quedó boquiabierto. Irritada por su cara de pasmo, Nora le espetó que podía recuperar su antiguo móvil en cualquier momento. Se lo entregarían en el coche que lo devolvería a Le Mans. El chico comprendió de inmediato que ahora se movía en un ambiente mucho menos benigno que la oficina de Alain. Le dio las gracias a Nora y se guardó el teléfono inteligente en un bolsillo de la bata.

En ese instante, Hélias, por el rabillo del ojo, percibió movimientos en un bosquecillo. Al principio decidió no prestarle atención y siguió caminando al lado de Nora, pero cuando, unos metros más adelante, una sombra cruzó el sendero, se detuvo en seco.

—¿Qué ha sido eso?

Nora sonrió, se acuclilló vuelta hacia el lugar en el que había desaparecido la sombra e, introduciendo dos dedos bajo su lengua, soltó un silbido estridente de una fracción de segundo.

A modo de respuesta, el bulto oscuro salió de su escondite, se acercó a la joven y empezó a girar a su alrededor. Hélias arqueó las cejas. La criatura, del tamaño de un tejón, semejaba un cruce entre un gato bengalí y una marta. Sus cuartos traseros parecían más anchos que el resto de su cuerpo. Tenía el pelaje beis cubierto de manchas oscuras que se convertían en franjas en las patas y el cuello. Una cresta eréctil formada por largos pelos negros se extendía a lo largo de su lomo hasta la cola, tupida, adornada con cinco listas blancas y acabada en forma de pincel. Hélias, atónito, contenía la respiración. El felino posó en él sus grandes y relucientes ojos.

—Te presento a Cahetel, una civeta africana salvada por Cornélia. No hagas ningún movimiento brusco. Aunque está domesticada, es muy asustadiza.

Fascinado, Hélias permaneció inmóvil largos instantes.

—Increíble —murmuró al fin.

Alain le había hablado muchas veces de las originalidades de Cornélia, pero tener como animal de compañía a una civeta domesticada llevaba la excentricidad a otro nivel. Nora extendió la palma de la mano hacia la bestezuela, que se acercó para olfateársela y luego desapareció con una risita de hiena.

La joven aprovechó ese interludio para comunicar a Hélias que pasaría esa tarde y todo el día siguiente con Edmond Cholet, el delegado jefe de los olfatos del centro. Nora se sentía un poco culpable por ponerlo en manos de Cholet. Allí todo el mundo conocía su fama y su tendencia a maltratar a los aspirantes. Pero ningún otro terapeuta había querido actuar como tutor del recién llegado. Nora confiaba en que, al aceptar recibir al joven aprendiz, Cholet no tuviera alguna mala idea en la cabeza.

14

Después de comer, Hélias llamó a la puerta del olfato Cholet. Al golpearla, la hoja se entreabrió, y el chico tomó la iniciativa de entrar. Allí había un ambiente muy distinto al del despacho que había visitado el día anterior. Reinaba la seriedad. El aria de ópera, interpretada por una cantante que parecía sometida a tortura, las luces tamizadas, los muebles angulosos... Todo aconsejaba prudencia. Las dos ventanas en arco estaban ocultas detrás de cortinas de grueso terciopelo. Se volvió para admirar la pintura al óleo del periodo barroco que adornaba la pared del fondo. Representaba a un hombre cargado con lo que parecía una gruesa viga. Sus facciones, crispadas por el dolor, achicaban sus ojos negros y sus músculos tensos asomaban bajo la holgada y sucia toga.

Hélias dio un respingo. Un individuo alto con gafas ahumadas, barba entrecana y corta melena blanca se había situado a su derecha. Por un momento, el joven aspirante se preguntó si no se habría escapado del cuadro.

—Simón de Cirene, el hombre elegido por los romanos para ayudar a Cristo a llevar la cruz. E imagino que usted es la que deberé llevar yo durante los próximos días... —Hélias dio un paso atrás mientras su interlocutor seguía hablando sin hacer ninguna pausa—: Mañana recibiré la visita de un paciente de lo más interesante. Digamos que su cartera posee tales argumentos que no acceder a sus peticiones sería un desacierto. —El olfato se desplazó a un rincón oscuro del despacho. Hélias apenas lo veía, solo le llegaba su voz grave. En otras circunstancias, aquella escenificación aparatosa quizá le hubiera hecho reír, pero en el personaje había algo realmente inquietante—. Le he enviado un correo con toda la información necesaria para ir a capturar la atmósfera —le comunicó Cholet.

—Pero... aún no he recibido la formación.

—Sus problemas me traen sin cuidado. Yo le asigno una tarea y usted la realiza. Si fracasa, yo redacto un informe y usted puede despedirse del puesto. Cierre la puerta al salir.

* * *

Hélias se vio de nuevo en el pasillo con las piernas flojas y la moral por los suelos. Resistió la tentación de coger la ficha metálica, que nunca abandonaba su bolsillo, y decidió posarse la mano en el vientre y concentrarse en su respiración, un ejercicio que había aprendido con su psiquiatra y puesto en práctica a menudo en presencia de Alain. En esos momentos echaba de menos la tranquila sucursal de Le Mans, a su mentor y sus extrañas colecciones, e incluso a su hipocondriaco compañero de piso. Dudó si llamar a Alain, hasta que recordó que ahora tenía el móvil pinchado y que Nora le había prohibido hablar con nadie de sus experiencias en el centro. Eso también incluía a su olfato.

Cuando consiguió calmarse, consultó el dosier enviado a su bandeja de entrada. El cliente era un jubilado joven, antiguo subdirector de una empresa de construcción. Hélias leyó por encima su biografía hasta llegar al pasaje que le interesaba. El paciente tenía un recuerdo recurrente que quería reconstruir a toda costa. En el edificio de su infancia, su padre transformó el sótano en un taller. Los dos pasaban en él la mayor parte de su tiempo libre, construyendo y reparando. Luego, él se hizo riquísimo y sus padres se mudaron al chalet que él les regaló; pero nada de esa nueva vida había conseguido igualar la sencilla felicidad de aquellos momentos compartidos en el pasado. El dosier incluía un montón de fotografías aportadas por el paciente. En una de ellas, con la textura característica de los años setenta, se veía a un adulto y un niño en el mencionado sótano. Reinaba un desorden indescriptible. En la última página del fichero, Hélias leyó que la vivienda se encontraba en Chartres, en el antiguo barrio de Beaulieu.

Nora le había aconsejado que, si tenía algún problema, recurriera a la recepción. Si necesitaba un coche, por ejemplo. Así pues, se dirigió a la entrada y se acercó al mostrador semicircular. Sentados frente a él como grandes señores a la mesa de un banquete, había dos mujeres y un hombre. Tiesos en sus sillas, daba la impresión de que una de sus tareas consistía en parecer lo más orgullosos y altivos posible.

—Disculpe... —Hélias había elegido a la mujer de en medio, la única que aún no estaba en línea—. El olfato Cholet me ha encargado captar una atmósfera y tengo que trasladarme a esta dirección. —Le mostró la ubicación en la aplicación de mapas—. No dispongo de...

—Mercedes matrícula FB-183-AZ. Lo espera en el aparcamiento oeste. Nos hemos tomado la libertad de cargar el aparato de *headspace* portátil en el maletero. Tenga la bondad de devolverlo al laboratorio de análisis al final del día.

La coordinación y la planificación eran de una eficacia impresionante. ¡Qué amateurs le parecían los años en la sucursal de Le Mans! Hélias ahuyentó esa idea de su mente. No quería renegar de lo que había adorado hasta el día anterior.

* * *

En el aparcamiento lo esperaba un hombre con gafas de sol. Llevaba las manos cubiertas de tatuajes y era tan locuaz como el chófer que lo había traído al centro. El viaje transcurrió en un mutismo que habría hecho que una cámara sorda pareciera la estación de Lille Europe.

Cuando, hora y media después, el Mercedes se detuvo delante del edificio, Hélias no supo si reír o llorar. El bloque de viviendas protegidas de la década de 1960 estaba en plena demolición. Más tarde se enteraría de que el Ayuntamiento de Chartres había emprendido una amplia operación de reforma urbana en el barrio de Beaulieu. Destruían para reconstruir mejor. Incluido el nombre, puesto que la zona pasaría a llamarse barrio Des Clos. De momento, un gran agujero señalaba la antigua ubicación del bloque. Toda la fachada había sido arrancada y, como en una casa de muñecas, podía verse el interior de cada habitación. Una pala mecánica, armada con un brazo telescópico y una mandíbula de acero, se erguía orgullosa ante su desmán. Unas vallas altas rodeaban todo el solar.

Hélias estaba consternado. Las preguntas se atropellaban en su cabeza. ¿Quedaría un sótano? Y, si era así, ¿conservaría su olor, a pesar de la demolición?

Como si le hubiera leído el pensamiento, el chófer se acercó y, por primera vez en todo el trayecto, abrió la boca:

—Se lo advierto desde ahora mismo, yo no entro ahí.

—¿Cómo dice?

—Si le tiene aprecio a su vida, haga lo mismo. Han dañado los cimientos —dijo el hombre señalando con el dedo un talud formado con tierra y escombros—. Tengo un primo trabajando aquí, sé lo que me digo.

Visto lo visto, Hélias lo prefería callado.

—¿No es usted responsable de mi seguridad?

—Y si se produce un derrumbe, ¿qué hago, eh? ¿Una técnica de sumisión a un muro de carga? ¿Una llave de brazo a una viga?

Hélias no respondió. Pensaba en lo que le esperaba si volvía al centro sin la atmósfera requerida. Lo mandarían a casa, sin lugar a dudas. Alain se lo había advertido: si quería obtener el puesto, debía triunfar.

La sorda ansiedad que lo acompañaba desde su encuentro con el olfato Cholet se transformó en cólera. ¿No podía haberle encargado algo más fácil? ¿Reconstruir la atmósfera de una heladería en el paseo marítimo de una ciudad balnearia, por ejemplo?

Calificando la empresa de locura, el chófer le dijo que iba a tomarse un café. Al llegar había visto un barecito. Antes de marcharse, le recordó que Fragrancia rechazaba cualquier responsabilidad en caso de accidente. Desconcertado, Hélias lo vio alejarse. Además de la preparación como conductores y guardaespaldas, ¿recibían aquellos hombres una formación acelerada como juristas?

Se quedó solo frente al solar. La razón le suplicaba que no se acercara, pero huir frustraría sus ambiciones. En ese instante se sentía como si su futuro se hubiera materializado ante él. Lo malo era que había adoptado la forma de un edificio en peligro de derrumbe.

15

En ese mismo momento Nora Olsson se encontraba con el investigador de la policía en un municipio tan poco conocido que su chófer había tenido que introducir el código postal en el sistema de navegación del coche para obtener algún resultado. Cuando llegaron ante una de las urbanizaciones de Cesson, recordó con pesar el proyecto fallido de la sucursal en La Reunión. Un encargo como aquel habría sido otra cosa entre aguas turquesa, serpientes pitón, cascadas y murallas. Soltó un suspiro. Los viajes eran lo único que echaba de menos de su vida anterior. La época en que no sabía nada de Fragrancia y sus tejemanejes. Como buenos descendientes de vikingos, sus padres eran verdaderos trotamundos. Incapaces de estarse quietos, habían llevado a Nora y a sus dos hermanos a los cuatro rincones del mundo. Fue durante esos años de errancia cuando Nora llenó su biblioteca olfativa. Si otros se traían de sus viajes fotos, baratijas y souvenirs diversos, ella recogía olores. Los adoquines mojados de Roma, el bazar de especias de Estambul, el parque nacional Sequoia, el frío aire ozónico de Groenlandia... Todos esos lugares le habían aportado conocimientos. Para ella, un perfume era un viaje. Mientras intentaba revivir el olor de los franchipanes del cementerio marino de Saint-Paul, su chófer descubría un hueco entre dos coches sucios, delante de una verja antaño blanca. Como si estuviera en sintonía con la desolación del lugar, Abbad se acercó a ellos con los brazos caídos y la mirada triste.

Nora, que no había vuelto a verlo desde Melun, temía el reencuentro. Si existía una clasificación de las situaciones incómodas, charlar como si nada con su informador ocuparía una posición más que destacada. Rechazando esa coyuntura, estaba decidida a cortar de raíz cualquier malestar.

—Dejemos las cosas claras —dijo—. Acepto ayudarlo. Pero nuestro acuerdo amistoso acabó con su chantaje.

Abbad arrojó el cigarrillo al suelo, lo aplastó con la punta del zapato y soltó el humo por la nariz. Seguramente, en señal de aprobación.

—Y, por favor, deje esos aires de investigador desengañado. No le van en absoluto.

El chófer se acercó y le tendió a su jefa una maleta pequeña.

—Ahí es donde agredieron a Audrey. En el primero —dijo Abbad extendiendo un índice amarillo de nicotina hacia un grupo de casas idénticas. Nora no identificó la que le señalaba, pero disimuló. Acabar cuanto antes: no pensaba en otra cosa—. Émilie y su padre nos esperan —añadió el inspector.

En el dosier de la policía, Nora había leído que Émilie y Audrey habían entablado amistad en los bancos de la escuela de enfermería de Melun. Sin embargo, el informe se limitaba a mencionar las fluctuaciones de su relación, en la que se alternaban la complicidad y la rivalidad. Al fin y al cabo, ¿por qué detenerse en las trivialidades de una amistad juvenil?

Cuando Abbad se disponía a llamar a la puerta, Nora, asaltada por una súbita sospecha, lo detuvo.

—El otro día, en el parque, mencionó su relación con la víctima. Relación, ¿de qué tipo?

—Es una conocida.

Para dejar claro que no sería más explícito, Abbad pulsó el timbre. Les abrió el padre de Émilie. El investigador, que lo había conocido a raíz de un interrogatorio, le presentó a Nora como una compañera del departamento de psicología de la policía judicial. Sin hacer ninguna pregunta, el hombre indicó el piso superior con un gesto débil. Nora le dio las gracias con un movimiento de la cabeza y siguió a Abbad escaleras arriba.

Émilie era una veinteañera. El espejo solo le mostraba lo que ella no quería ver: facciones gruesas, mejillas demasiado llenas, labios demasiado finos, encías demasiado visibles... Tampoco su cuerpo, que a todo el mundo le parecía perfecto, encontraba gracia a sus propios ojos, demasiado marrones en su opinión. Les abrió la puerta de su habitación vestida con una sudadera con capucha ancha e informe, y, sin decir palabra, volvió a sentarse en el borde de la cama. Nora no sabía mucho sobre lenguaje corporal, pero las uñas mordidas y la mirada huidiza de la estudiante y futura enfermera le llamaron la atención.

Tras las rápidas presentaciones, el investigador inició el nuevo interrogatorio. Su relación con Audrey, sus compañeros de clase, sus padres, sus amores..., todo salió a relucir. Las respuestas de Émilie eran evasivas, pero su actitud hablaba por sí sola. Cada vez que surgía el nombre de Simon Vilmet, la chica se encogía un poco más. Al final de la conversación, parecía que no tuviera cuello.

Entretanto, Nora preparaba el material. Cuando terminó, se lo hizo saber a su compañero dándole una palmadita en el hombro. Abbad se interrumpió.

—¿Tu hermano pequeño está en casa? —le preguntó a Émilie.

—No. Tiene entrenamiento de fútbol.

—De acuerdo. ¿Puedes enseñarnos su cuarto?

—¿Por qué?

—Porque me gustaría recoger algunas muestras en él —terció Nora.

La chica se estiró las mangas de la sudadera, agachó la cabeza y salió de la habitación. Nora lo interpretó como una invitación a seguirla.

El cuarto del adolescente estaba impregnado de ese olor a levaduras avinagradas característico de los cuerpos en mutación. Un tufillo pegajoso y agresivo. Una conminación olfativa a largarse. Un reflejo pavloviano impulsó al investigador a acercarse a la ventana para abrirla y ventilar, pero Nora lo contuvo y se volvió hacia Émilie.

—¿Sabes si tu hermano cambia a menudo la ropa de la cama?

—Jamás. Es un auténtico cerdo.

La respuesta agradó a la lugarteniente de Cornélia, que se apresuró a deslizar una campana de cristal bajo el edredón. Con cuidado, retiró el capuchón de un sensor y dejó al descubierto una fibra blanca, que insertó en el gollete de la campana y, mediante un tubo de látex, lo conectó al dispositivo que contenía la maleta.

—¿Qué está haciendo?

Por primera vez desde que habían llegado, Émilie parecía estar venciendo su miedo.

—Preparar un sistema de extracción de olor. En el oficio, a esta técnica la llamamos *headspace*. Normalmente, los aparatos son mucho más grandes y están conectados a máquinas enormes, pero por suerte nosotros disponemos de versiones portátiles. Esto —dijo Nora señalando la campana con el dedo— es lo que se necesita para la primera fase: la toma de muestras. Se crea un espacio gaseoso cerrado alrededor de la fuente odorífera para evitar cualquier interferencia exterior. A continuación, retenemos las moléculas olorosas presentes en la campana con la cabeza de extracción. —Su mano subió hasta el sensor cilíndrico—. Es la fase de «aislamiento de los compuestos volátiles». La información se envía al aparato de análisis, la torrecilla negra que tienes justo delante (cuidado con el cable, gracias), para obtener el carnet de identidad del olor. Por último, mediante una cromografía en fase gaseosa, se interpretan los resultados y se reconstruye el olor original.

Nora no estaba segura de que Émilie lo hubiera comprendido bien, pero, cuando la chica preguntó con desconfianza por qué necesitaba la policía reproducir el olor de la cama de su hermano, la cogió desprevenida. Estaba convencida de que, si llenaba la explicación de datos técnicos, la futura enfermera encontraría el tema demasiado complicado y se desentendería. A veces, el exceso de información es la mejor manera de ocultar lo que se quiere disimular.

Advirtiendo su desconcierto, Abbad acudió en su ayuda:

—Mi compañera trata de confirmar o desmentir una hipótesis. Aún es demasiado pronto para compartir nuestra línea de investigación, pero os informaremos de nuestros avances a su debido tiempo.

La respuesta no pareció convencer a la chica, pero, si ellos se negaban a explicárselo, ¿qué podía hacer? En señal de capitulación, se disculpó y abandonó la habitación. Nora invitó a Abbad a seguir su ejemplo. Su olor a tabaco, mezclado con su penetrante perfume, estaba contaminando el escenario.

Cuando terminó con la cama y la habitación, Nora también quiso captar la atmósfera del pasillo, pero en la pantalla de la máquina apareció un mensaje de error. Sus competencias técnicas, adquiridas en cursillos acelerados, mostraron sus límites, y tuvo que renunciar a completar la atmósfera. No importaba, con la habitación bastaría. Aquel contratiempo técnico le recordó que ningún olfato del centro había podido acompañarla para echarle una mano; todos se habían declarado sobrecargados. Pero Nora no era tonta. La pereza, ese era el principal motivo de su negativa. Soltó un bufido y guardó el material.

De nuevo en la calle, compartió con el inspector su impresión sobre Émilie. Abbad esbozó una sonrisa triste y encendió un cigarrillo.

—Lo sé. Todas mis sospechas sobre Simon Vilmet parten de ella, y desde el primer interrogatorio. Aún no sé por qué, pero ese tipo la tiene aterrorizada.

16

—Pero ¿qué demonios hago aquí?

Hélias se disponía a descender a las entrañas del escuálido monstruo. La temeridad era un concepto totalmente nuevo para él y, por tanto, impreciso. Él mismo no podía creer que hubiera llegado tan lejos.

Había dado una vuelta alrededor del solar en busca de una entrada. En uno de los lados, la unión entre dos vallas dejaba suficiente espacio para deslizarse entre ellas, siempre que no respiraras mientras lo hacías. Había decidido no llevar consigo el maletín de *headspace* que le había entregado el chófer. Además de ser demasiado aparatoso, Hélias no tenía la menor idea de cómo funcionaba. Alain se negaba en redondo a utilizar el que tenía a su disposición en la sucursal de Le Mans; lo veía como un artilugio funesto, cuyos primos no tardarían en aniquilar a todo el género humano. La tecnología lo volvía reaccionario.

Después de sortear varios montones de escombros y hierros retorcidos, Hélias había llegado a una de las salidas de emergencia laterales. Aquella fachada solo estaba agrietada, lo que, en comparación con el resto, la hacía parecer casi intacta. Antes de entrar, había comprobado que nadie lo observaba. El largo pasillo que atravesaba el edificio de un extremo a otro estaba en tinieblas. En vista de que los pisos superiores estaban abiertos a los cuatro vientos, Hélias había supuesto que la luz penetraría sin dificultad en la planta baja. Pero, ante la oscuridad que reinaba a su alrededor, concluyó que los muros inferiores habían permanecido intactos. La aplicación «linterna» de su móvil solo iluminaba unos metros a su alrededor, y Hélias rezaba para no tropezar.

Los senos nasales le picaban. En el aire flotaban partículas de lana de vidrio, mezcladas con el olor a cemento húmedo, cal y polvo. Mientras seguía avanzando, decidió taparse la nariz con la manga de la camisa. Las puertas de las antiguas viviendas brillaban por su ausencia y las ventanas estaban condenadas con ladrillos. Aquí y allí, el haz de la linterna iluminaba lienzos de pared cubiertos de papel pintado deslucido. Delante de uno de ellos, cuyo diseño le gustó, le entraron ganas de hacer una foto, pero cambió de opinión y reanudó la marcha. Decididamente, cuanto más estresante era una situación, más se fijaba el cerebro en detalles insignificantes.

En medio del edificio, encontró al fin una escalera que llevaba al sótano. Al bajar el primer peldaño, la ansiedad le atenazó la garganta hasta el punto de impedirle respirar. Se detuvo unos instantes para tranquilizarse. Cuánto le habría gustado poder llamar a Alain... Pero para decirle ¿qué? «¡Hola, estoy bajando a un sótano en demolición, un abrazo!». De todas formas, Alain no podía hacer nada por él. Ni tampoco los empleados de Fragancia encargados de espiar todas sus comunicaciones telefónicas. Si el edificio se hundía, lo haría papilla. O peor: con su suerte, era capaz de sobrevivir bajo los escombros. Ya se veía gritando y aporreando el hormigón pese a tener un hombro dislocado y las piernas atrapadas bajo una viga metálica. Por supuesto, lo encontrarían demasiado tarde. Un pastor alemán con arnés acabaría por lamerle la frente cuando ya hubiera empezado el *rigor mortis*. Consciente de que su imaginación lo estaba llevando un poco lejos, ahuyentó de su mente esas ideas intempestivas e inició el descenso.

Cuando llegó al nivel del sótano, advirtió que solo quedaban en pie las paredes de piedra. Se apartó el brazo de la nariz e inhaló un poco de aire. Comprobó con alivio que, detrás del olor de un edificio en derribo, subsistía la característica emanación húmeda de los subterráneos. Disociarlos sería un problema, aunque no insuperable. Volvió a taparse la nariz, esta vez por otro motivo: no quería que su olfato se habituara. A su cerebro le bastaban siete minutos para familiarizarse con los olores del entorno. Avanzó unos metros más para situarse en el centro del sótano y, una vez allí, bajó el brazo y dejó al descubierto la nariz.

—Haz como en la playa —murmuró para darse ánimos—. Como en la playa.

Cerró los ojos para concentrarse más y empezó a descifrar el olor de las profundidades. En un primer momento, trató de distinguir las notas de musgo de las de cedro. También percibió una pizca de ládano, una materia balsámica y ambarina. La signatura olfativa tenía igualmente un fuerte matiz arcilloso. En ese momento, comprendió por qué el paciente no encontraba aquella atmósfera en ningún otro sitio: mezclada con la rotundidad propia de las facetas mohosas, el olor gredoso del sílex liberaba acentos de piel animal y hongos que recordaban un poco al evernil y su nota dominante, el musgo de roble. Hélias recogió febrilmente todas sus observaciones en su móvil. El bosquejo empezaba a tomar forma. Para reproducir el taller, habría que añadir toques metálicos y químicos. En las fotos facilitadas por el paciente, Hélias había visto un aerosol de WD-40. Su penetrante olor a disolvente debería formar parte de la mezcla. En las atmósferas evaluadas nasalmente, siempre había un tanto por ciento de interpretación, sobre todo cuando querías acercarte todo lo posible a la realidad. Un día, Hélias se topó con una cita de André Breton: «Lo imaginario es aquello que tiende a volverse real». No había palabras más acertadas para definir su oficio.

* * *

Al principio, solo fue un zumbido regular. Casi imperceptible desde las profundidades de la tierra, donde Hélias se encontraba aún. De hecho, si el estrés no lo hubiera mantenido en un estado de alerta permanente, probablemente le habría pasado desapercibido. De pronto, cuando estaba empezando a habituarse a la situación, su cuerpo se tensó. Atento, acechó la evolución del sonido. El murmullo de un motor. Como un convoy de automóviles que pasara lejos. Hélias se quedó inmóvil y contuvo la respiración para que de sus pulmones solo escapara un tímido hilillo de aire. El ruido pareció cesar. Hélias volvió a relajarse. Releyó sus notas en el móvil y decidió que tenía suficiente información. Podía volver a subir. De pronto, una vibración le recorrió todo el cuerpo. Alzó la cabeza.

—Cálmate, maldita sea. Te estás ima... —murmuró con voz ronca.

Un estruendo infernal lo interrumpió. Un instante después, una lluvia de cascotes le golpeó la cabeza. Soltó un grito. Los muros empezaron a temblar. El haz de la linterna iluminó una nube de partículas y su ropa se cubrió de polvo blanco. Hélias tragó residuos y empezó a toser. Se ahogaba. La tos lo obligó a protegerse la nariz con la manga de la camisa. Tenía un gusto a yeso en la boca. El polvo le secaba los ojos y, cada vez que los cerraba, sentía que los párpados le arañaban los globos oculares. Intentó respirar una, dos veces. El ataque de ansiedad ganaba terreno. Estaba hiperventilando, y ahora el corazón le aporreaba el pecho.

Tenía la sensación de estar sufriendo un accidente cerebrovascular. Salir de allí, a toda costa. Pero era imposible: como durante una parálisis del sueño, su cuerpo se negaba a moverse.

Instintivamente, se dejó caer al suelo. Necesitaba pegarse a él, tener el máximo de puntos de apoyo posible. Sus rodillas golpearon la dura y fría superficie de hormigón. Su rótula dio en una piedra puntiaguda y el dolor irradió por toda la pierna. Se crispó, y las sienes empezaron a latirle. El polvo de su boca lo obligó a escupir. Le daba miedo mirar a su alrededor. Era lo último que debía hacer. Sería su fin. A tientas, empezó a gatear hacia lo que esperaba que fuese la salida. Sus manos se golpeaban en todas partes. Tenía la sensación de que todo se derrumbaba, de que las paredes se venían abajo a su paso. Se detuvo, abrumado por la avalancha de información. En su mente se atropellaban ideas de lo más siniestras. La imagen del perro de salvamento —siempre un pastor alemán— era la que más se repetía. Acosada por la angustia, su mente desvariaba. En el negro antro de aquel sótano creía ver luces que bailaban como los faros giratorios de una ambulancia. Un latido más fuerte que los demás le comprimió el pecho. Estaba perdiendo la batalla contra el pánico. A cuatro patas, con la cabeza metida entre los hombros, Hélias era incapaz de moverse. En ese momento, en su cabeza surgió una imagen. Databa de la época en que intentaba aprender a controlar sus miedos encadenando sesiones de meditación. De la época, sobre todo, en la que había comprendido que solo funcionaban cuando se concentraba en los olores. La idea de que esta vez no podría conseguirlo le provocó un nuevo ataque de ansiedad. No. Debía empezar de nuevo. Ahuyentar las ideas catastrofistas y detener el engranaje. Poner toda su atención en un olor. Pero respiraba agitadamente la atmósfera opaca y espantosamente gredosa. No lo lograría. Gritó, tosió, se derrumbó y se quedó con la cara pegada al suelo. Cuando estaba a punto de rendirse, otro recuerdo se abrió paso entre la bruma de sus ideas. La ficha que siempre llevaba encima. El olor metálico que le dejaba en las manos después de toquetearla. Ese olor tan especial, que asociamos a los clavos oxidados. Un día en que lo vio jugando con la ficha, Alain le explicó que los metales eran inodoros. El olor de sus dedos se debía a los ácidos grasos de la piel, que, al reaccionar con el metal, provocaban aquel efluvio tan peculiar. «Si no la tocas, no huele a nada».

«Si no piensas en él, el ataque de ansiedad no se producirá». Hélias tragó aire.

Aprovechando ese momento de calma, se levantó y echó a correr en línea recta. Otro estruendo. Tropezó. Esta vez, el móvil se le cayó de las manos y la linterna se apagó. La oscuridad era total. Jadeaba. Polvo, nuevo ataque de tos... Un chirrido le taladró los tímpanos. El instinto de supervivencia lo hizo reaccionar. Se levantó de golpe para respirar el aire cercano al techo, menos cargado. Sus pulmones se relajaron un poco, y pudo aspirar una gran bocanada antes de lanzarse de nuevo al suelo y palparlo frenéticamente. Si no encontraba el móvil... La idea quedó en suspenso. No completarla, sobre todo. El pánico lo acechaba, emboscado al final de aquel pensamiento. Y volver a encender la maldita linterna. El análisis vendría luego, cuando estuviera fuera. Maldecía, juraba, escupía yeso mezclado con saliva. Las mucosas le ardían. Se odiaba por haber perdido el móvil. Otro ruido, seguido esta vez por un crujido. El redoble final. El techo iba a desplomarse. Perros. Ficha. Faros giratorios. Meditación. Qué lejano le parecía todo eso... Pero no estaba dispuesto a morir. Así, no. Como un imbécil, en el sótano de un edificio en demolición incluido en un plan de reordenación urbana. Era ridículo.

Y, de pronto, allí, bajo su mano, notó el frío tacto de la tecnología. En su interior renació la esperanza. Cogió el smartphone y lo encendió. El cristal de la pantalla se había astillado y la linterna no funcionaba. No importaba, subió al máximo el brillo de la pantalla y la orientó hacia delante. Iluminaba poco, pero algo era algo. Al final del infierno, distinguió la escalera que ascendía hacia la superficie.

* * *

Después de una de las dos pausas estipuladas en su contrato, los trabajadores de Derribos Chartres habían regresado al solar. Mientras uno de ellos excavaba los cimientos de la fachada norte con la pala mecánica, otro se alejó un momento para orinar. Su microvejiga no le daba tregua. Al ver un maletín negro abandonado junto a un espacio entre dos vallas, el corazón le dio un vuelco. Efectivamente, un vistazo al interior confirmó sus sospechas: aunque no sabía ni jota sobre electrónica, aquello tenía toda la pinta de ser material de vídeo. Cogió el *walkie-talkie* para ordenar a sus compañeros que interrumpieran inmediatamente la demolición. Unos gilipollas estaban haciendo *urbex* en el edificio. Estaba al tanto de aquella moda, porque había visto los documentales sobre el tema que circulaban por YouTube. Cuando iba a entrar al barracón para entregarle el maletín al capataz, vio surgir de la salida norte una figura desarrapada y polvorienta. La observó mientras se alejaba hacia una calle adyacente. Se levantó el casco de seguridad y se rascó la cabeza. No había visto nada igual en su vida. Ni siquiera en los vídeos de exploración urbana.

17

Empezaba a anochecer cuando las gemelas se presentaron ante Steve. A petición de Nora, su jefe les había encargado una tarea complicada: descubrir cuál era el origen del miedo de Émilie en relación con Simon Vilmet.

Habían tardado menos de una hora en intervenir hasta la última parcela de la actividad electrónica de la chica. Móvil, ordenador, tableta... Habían ocultado puertas traseras en todas partes. Era más fácil de lo que parecía. El hackeo, lejos de los tópicos hollywoodienses, se aprovecha principalmente de las debilidades humanas. En la vida real, no hacen falta largas líneas de código escritas frenéticamente en un teclado que echa humo. Para burlar los cortafuegos y demás sistemas de protección bastaba con enviar a las víctimas un email infectado que despertara su interés y esperar a que clicaran en los archivos adjuntos. Al contrario que Vilmet, Émilie no había mostrado la menor desconfianza. Haciéndose pasar por la administración de la escuela de enfermería, las gemelas le habían enviado una falsa programación del curso. Una vez descargado, el fichero había contaminado el ordenador de la estudiante por medio de un troyano. Estábamos en 2025: tenía todos sus dispositivos sincronizados con su PC. De ese modo, las hermanas habían conseguido el acceso a la totalidad de sus conversaciones, mensajes de texto, fotos, mensajes de voz y redes sociales. Gracias a su termo inteligente, incluso sabían cuánta agua bebía Émilie diariamente.

—Y pensar que es la misma gente que no se pasea desnuda por casa por miedo a que la vean los vecinos... —rezongó Steve—. ¿Y Vilmet?

—Nada. Su antivirus es bueno. Pero ¿te interesa lo que tenemos, o solo lo que no tenemos?

—Perdonad, chicas. Adelante —dijo Steve haciendo girar la silla y sonriendo.

Émilie había descubierto a Simon Vilmet en una de sus publicaciones esponsorizadas en Instagram. Gracias a su buena genética, ella gozaba de un físico atlético sin necesidad de ir al gimnasio. Así que su consumo de contenido sobre fitness en las redes sociales tenía más que ver con la necesidad de aprobación. Las mujeres con sobrepeso que sudaban la gota gorda en una cinta de correr la consolaban. Comparar el propio cuerpo con los de otros puede resultar de lo más tranquilizador.

—Eso son teorías vuestras...

—Lo escribió ella misma con todas las letras en un comentario al vídeo. Aquí. Lee el mensaje que acaba con «Esos vídeos son mi *safe place*». Y ahora, ¿podemos seguir?

Steve no rechistó. En cualquier caso, Émilie consumía los suficientes posts de ese tipo para que el algoritmo la acribillara con publicidad relacionada con el ejercicio físico. Así que era lógico que Instagram hubiera acabado ofreciéndole el contenido de Vilmet. En una de sus publicaciones patrocinadas, cantaba las alabanzas de un batido de proteínas, desnudo de cintura para arriba en su habitación. Las gemelas le mostraron a Steve la correspondiente foto. Habían descubierto que la marca de complementos nutricionales que ofrecía aquel producto había cerrado unos meses más tarde, después de que se produjeran numerosos casos de úlceras.

Émilie, interesada en los contenidos y los encantos del joven, se había suscrito a su página tras haber dado like a muchas de sus publicaciones. No pasó mucho tiempo antes de que Vilmet advirtiera esa actividad ostensible y le mandara un mensaje privado.

—¿Cómo sabéis que fue él quien dio el primer paso?

—¡Ya está bien! —La gemela que no había dicho nada hasta ese momento le lanzó la pelota antiestrés que estrujaba desde el comienzo de la conversación—. Es la última vez que nos interrumpes para hacer de *fact-checker* sobre lo que afirmamos.

Le enseñaron el primer texto enviado por Simon. Decía lo siguiente: «Hola, si quieres consejos personalizados, no lo dudes». Steve, que se divertía chinchándolas, prometió a regañadientes no volver a interrumpirlas.

La respuesta de Émilie no se hizo esperar y dio inicio a largas conversaciones diarias entre los dos internautas. Una semana después, salían por primera vez. En el programa: cena en un restaurante asiático de la periferia de París y peli en un cine equipado con Dolby Atmos. Como Émilie le había advertido que odiaba las películas de terror, Simon se decantó por una de acción. Tiros, persecuciones y chicas. Reacia al principio, Émilie terminó aceptando hacer el amor esa misma noche. Todos los mensajes intercambiados antes y después de la velada apuntaban en esa dirección. Se podía deducir fácilmente dónde había ocurrido: en el asiento trasero del Audi A3 blanco de Vilmet.

De eso hacía tres meses. No habían vuelto a acostarse.

—Decepcionante, de momento.

Sonrisita irónica. Steve esperaba la continuación.

Ignorando el comentario de su jefe, las gemelas siguieron haciendo desfilar los mensajes por la pantalla. Unos días antes de la fiesta, Émilie aseguraba haber oído que existía una grabación de sus retozos y le pedía a Simon que eliminara el vídeo.

—¿Una *sextape*?

Steve había dejado de hacer girar la silla.

—«Me da mucha vergüenza. No quiero que tengas ese tipo de imágenes». No lo dice de forma explícita en ningún momento, pero los mensajes de texto dejan poco espacio para la duda.

Por su parte, Simon aseguraba que no tenía ninguna grabación y que también era una víctima de su difusión.

—Si Émilie lo acusaba de haberla grabado sin su consentimiento, ¿por qué se presentó Vilmet en su fiesta? En su lugar, yo me habría escondido —comentó Steve rascándose la sien.

—Seguramente, para explicarse en persona y convencerla de que no había ningún vídeo.

Las gemelas no habían conseguido hacerse con la supuesta grabación, y no podrían hacer nada más mientras no tuvieran acceso al ordenador de Vilmet. En cualquier caso, Émilie estaba convencida de que existían imágenes comprometedoras, y eso era más que suficiente para aterrarla.

—Una última cosa —dijo la gemela que le había tirado la pelota antiestrés a Steve—. No es más que un detalle, pero sobre las cuatro de esa madrugada Émilie le mandó a Audrey un «¿Va todo bien?». No obtuvo respuesta.

Visiblemente desconcertado, el jefe de Ciberseguridad les dio las gracias, hizo rodar la silla hasta su escritorio, se llenó un vasito de cartón de Coca-Cola y se quedó unos instantes mirando la pantalla apagada de su ordenador.

Según el atestado, Audrey había subido a acostarse relativamente temprano. Entonces ¿por qué demonios le había preguntado Émilie en plena noche cómo se encontraba? No tenía más que subir a verla. Al fin y al cabo, estaba en su casa. O quizá había visto u oído algo. Algo que le impedía entrar en la habitación. Steve frunció el ceño y se mordió el labio inferior. Cuando Nora volviera, le comunicaría aquellas nuevas revelaciones. Entretanto tenía que concentrarse en su tarea: proteger el centro. Sus dedos golpeaban el teclado un poco más fuerte de lo habitual. En todos los años que llevaba trabajando para Fragrancia, nunca había tenido tantas ganas de lanzar un ciberataque contra alguien. Después de beberse el contenido, estrujó el vasito y lo arrojó a la papelera.

18

El miércoles a mediodía, el olfato Cholet se paseaba de un lado a otro del despacho. Su paciente llegaría en cualquier momento y él no tenía nada que ofrecerle. No era normal verlo preocupado, y Nora, sentada en el diván, se deleitaba con el espectáculo. Cuanto más angustiado parecía Edmond, más disfrutaba ella. Cuando tuvo suficiente —porque, digan lo que digan los economistas ultraliberales, todo lo bueno tiene un final— se volvió hacia Hélias, que llevaba esperando diez minutos, con los pies martirizados en sus zapatos nuevos.

—Resumamos el día de ayer. Tú —dijo Nora contando con los dedos—: te extralimitaste en tus derechos, interviniste sin el aval ni la supervisión de tu escolta, te pusiste en peligro, abandonaste un aparato de *headspace* valorado en diez mil euros...

—No solo lo abandonó. Este inútil dejó que se lo robaran.

Cholet se acercó a un mueble bar en el que se guardaban whiskies que seguramente habían conocido la primera generación de Pokémon.

—Sí, olfato, pero no hay por qué preocuparse. Todos los aparatos están equipados con una baliza. El equipo enviado a hablar con los trabajadores de la obra me ha confirmado que ya lo ha recuperado.

—Eso no cambia nada.

Cholet apretaba el vaso de cristal con tanta fuerza que, si no hubiera aplicado una presión homogénea sobre toda la superficie, sin duda lo habría hecho estallar.

—Y destrozaste el smartphone que te prestamos ese mismo día. ¿Me dejo algo? —ironizó Nora.

—¡Ha omitido lo principal, y a propósito, seguro! ¡Volvió sin la atmósfera!

Nora se abstuvo de responderle que el éxito del encargo le importaba un pito. El olfato había hecho honor a su reputación: para mandar a un novato a semejante trampa, había que estar mal de la cabeza, se dijo.

—Pero si la tengo...

En el despacho se hizo el silencio. Edmond Cholet le pidió a Hélias que repitiera lo que había dicho. Con la desagradable sensación de que sería su canto de cisne, el aspirante obedeció.

Pese a la falta de una materia prima secundaria, que no había conseguido encontrar, la mezcla, pesada en el laboratorio esa misma mañana, era funcional. Hélias añadió que la signatura olfativa reproducía fielmente la que había olido en Chartres. La atmósfera satisfaría al cliente. También se había tomado la libertad de incorporar la SVM durante la prueba para ahorrarle tiempo al olfato. Para demostrarlo, buscó en un bolsillo de su chaqueta y sacó el frasquito con la muestra, lista para verterla en el nebulizador.

Edmond resopló y dejó el vaso en el borde del escritorio. En tres zancadas se plantó delante del chico, que, instintivamente, se tapó la cara. Un misil balístico no habría llegado más rápido. Hélias creyó que el brazo extendido del olfato anunciaba un mamporro antológico. Al ver que el bofetón no llegaba, Hélias comprendió. El olfato Cholet señalaba la puerta con el dedo.

—Largo. No voy a ofrecerle tu porquería evaluada nasalmente a mi paciente. Ni lo sueñes.

Viendo que no reaccionaba, Nora cogió del hombro a Hélias y se lo llevó al pasillo. Los juramentos de Cholet cesaron al cerrarse la puerta.

Pálido, Hélias vaciló, y solo los reflejos de Nora evitaron que cayera al suelo y se rompiera la crisma. La joven le aconsejó que se sentara unos minutos. El chico rehusó con un ademán y se metió la mano en el bolsillo en busca de la ficha. Nada había salido como esperaba. Se sentía impotente, despojado de su momento de gloria. Una profunda sensación de injusticia se apoderó de él. Su acto heroico, empañado por la reacción de Cholet, ya no tenía ningún valor. Su peligroso descenso al sótano ya no era un éxito espectacular, sino la acción irreflexiva de un idiota imprudente.

—Todo para nada —dijo entre dientes.

Viéndolo tan afectado, a Nora le costaba creer que aquel chico se hubiera metido en un edificio a punto de desplomarse. En cualquier caso, su temeridad contrastaba con la primera impresión que se había llevado de él. Le resultaba más fácil imaginárselo preocupado por no encontrar su yogur líquido de frambuesa en el súper del barrio.

Un movimiento al final del pasillo cortó el hilo de sus ideas. Un individuo avanzaba hacia ellos con la seguridad de quien se ha pasado la vida dirigiendo a otros.

Mierda, el paciente.

Nora se apartó para dejarle paso y se pegó a la pared. Cuando la cita de Cholet iba a pasar junto a ellos, Nora percibió un cambio en la actitud de Hélias. Horrorizada por la idea de que se desmayara delante del cliente, comprendió demasiado tarde que tramaba algo muy distinto. La intensidad temblorosa y vibrante que se apoderó del joven aprendiz le hizo sacar pecho y alzar el mentón. Nora habría jurado que, justo antes de pasar a la acción, le había lanzado una sonrisa burlona.

Hélias abrió la mano, dejó caer el frasquito y, con el tacón del zapato, lo aplastó sobre la moqueta. Nora comprendió sus intenciones un milisegundo antes del impacto e, instintivamente, se tapó la nariz justo a tiempo.

El hombre se detuvo en seco.

—Ese... ese olor...

—Disculpe la torpeza de nuestro ayudante. Le aconsejo que no respire los vapores.

Sin dejar de apretarse la nariz con los dedos, Nora intentaba suavizar su voz gangosa.

Demasiado tarde. En el estrecho pasillo, bajo la luz artificial y en presencia de dos extraños, el paciente se zambulló en su pasado.

Desde lo alto de sus diez años, le tendía a su padre la herramienta solicitada. La áspera mano de su progenitor le revolvía el pelo, y él recibía esos honores con el orgullo de un soldado. Su madre bajaba para reunirse con los dos hombres de su vida y lo besaba con la voracidad de una loba. Vivía rodeado de amor y ternura. Protegido de las dificultades de la vida, de los divorcios, de las infidelidades y de las multas de aparcamiento.

La ola de cosquilleos que había empezado en su abdomen ascendió hasta su cerebro. Nora lo vio derrumbarse: con razón los terapeutas de Fragrancia realizaban las sesiones de olfacción memorial en posición sentada o tumbada.

Tendido en el suelo, con los ojos clavados en el techo, el hombre lloraba a lágrima viva. Su partitura era simple y repetitiva: un gemido, una tos, un gemido. Cuando el moco, licuado por las lágrimas, asomó fuera de su nariz, el paciente empezó a sorbérselo. Si su regresión continuaba, pronto encarnaría a la perfección a aquel mocoso amado y protegido. Bajo los efectos de la SVM, los más orgullosos podían convertirse en los más patéticos.

Nora trató de arrastrarlo lejos de la fuente olorosa, pero su cuerpo era un peso muerto. El paciente, totalmente sumido en su lacrimógeno embeleso, no tenía la menor intención de moverse. Hélias presenciaba la escena, orgulloso. Algo se acrecentaba en su interior. La impúdica necesidad de demostrar su valía. Nadie menospreciaría su trabajo. Nadie arruinaría sus esfuerzos. A medida que el director general se desmoronaba, Hélias se crecía.

Alertado por el alboroto exterior, Cholet se precipitó al pasillo, esta vez totalmente decidido a servirse del brazo para algo más que indicar una dirección. En medio de una atmósfera de viejo sótano húmedo y yesoso llena de olores a metal, aceite para herramientas y disolventes de todo tipo, descubrió a su paciente tumbado boca arriba, a Nora tirándole de una pierna con todas sus fuerzas y, detrás ellos, a un Hélias de lo más desafiante.

Sin darle tiempo a abrir la boca, el joven aspirante le anunció que acababa de enviar un correo con la fórmula a sus ayudantes. Otro frasco recién pesado iba a llegar de un momento a otro.

Cholet tuvo que apoyarse en la pared del pasillo. En su precipitación, se le había olvidado taparse la nariz. Los primeros signos de un trance involuntario se hacían notar.

Nora consiguió al fin levantar al cliente, agarró del brazo al olfato al pasar y se los llevó a los dos al interior del despacho. Antes de cerrar la puerta, se volvió hacia Hélias. Decididamente, tendría que revisar su primera impresión.

19

El sol declinaba y, con él, las conversaciones de las flores. A lo lejos, los últimos pacientes abandonaban el recinto con los sentimientos agudizados y los recuerdos reavivados. Algunos sollozaban, otros se partían de risa. Todos temblaban de emoción. Era raro cruzarse con un cliente preocupado por los doscientos euros desembolsados por media hora de sesión. Generalmente, la frustración se debe a la falta de calidad, y Fragrancia se preciaba de ofrecer servicios inmejorables.

Sentado en un banco detrás de uno de los numerosos bosquecillos en flor, Hélias se flagelaba. Desvanecida la euforia por su osadía, solo quedaban el desánimo y los remordimientos.

Cuando Nora apareció con dos botellas en las manos, una tarde de tormento había sumido en la apatía al joven aprendiz. La gestora de crisis dejó al alcance de su mano una cerveza fría, que formó al instante una aureola de condensación en la madera, y se sentó en el banco.

Traía noticias tranquilizadoras. Hélias no iba a recibir un apercibimiento. Al contrario, Cholet había dado a entender que deseaba utilizar sus servicios el resto de la semana. Había varias atmósferas esperando que las captaran.

—No son fáciles, pero tampoco insuperables, según sus propias palabras.

Sabiendo que el olfato consideraba que el trabajo de Chartres había sido tan difícil como tragar saliva, Nora se lo había quitado de encima educadamente. Hélias no volvería a trabajar para aquel loco de atar. Desde luego, quería mandarlo de vuelta a algún sitio, pero no a casa de sus padres en una caja de pino. El incidente estaba olvidado, Hélias podía dejar de preocuparse.

El chico echó la cabeza atrás y suspiró. Sus miembros se relajaron. Aunque notaba los inicios de una migraña, el largo trago que le dio a la cerveza quería ser celebratorio. Un anuncio como aquel lo merecía.

—Así que sabes transcribir una atmósfera con la nariz... —dijo Nora, y se llevó el gollete a los labios—. Creía que esa técnica se había perdido con la llegada de los aparatos de *headspace*. Impresionante.

Hélias le confesó que, cuando trabajabas para un hombre capaz de incendiar su casa con el microondas, en realidad no te quedaba otro remedio. Nora sonrió.

Su opinión sobre el chico estaba cambiando. Al menos, lo bastante para considerarlo algo más que un estorbo. A lo largo de la conversación, incluso tuvo ganas de saber más sobre él. Hélias, que no estaba acostumbrado a que se interesaran tanto por su persona, temía aburrir a su interlocutora.

—¿Cómo entraste en Fragrancia?

Nora se inclinó hacia él como para darle a entender que su curiosidad era auténtica. Apurado, Hélias la complació.

En 2017, por iniciativa de un olfato gravemente enfermo, Fragrancia había iniciado un programa de colaboración con la sanidad pública llamado Odor Medicina, que había permitido a unos cuantos médicos cuidadosamente escogidos ofrecer sesiones de SVM a sus pacientes sin necesidad de someterlos al penoso proceso de admisión. Con el tiempo, el tratamiento había dado resultados esperanzadores para la recuperación de la memoria, la reconstrucción postraumática y el alivio psíquico de las personas con problemas mentales. La iniciativa, incompatible con el endurecimiento de la política de confidencialidad propugnada por Cornélia, fue cancelada rápidamente. Hélias había sido uno de los pocos afortunados que se habían beneficiado de ella. Su psiquiatra figuraba en la lista de los médicos afiliados a Fragrancia, lo que le había permitido enviarlo, junto con otro de sus pacientes, a participar en las sesiones de olfacción memorial. Hoy Hélias reconocía que habían contribuido en gran medida a calmar su hiperemotividad. Sin embargo, no confesó a Nora la amargura que había sentido al suspenderse el proyecto. Odor Medicina ayudaba realmente a las personas, y Hélias consideraba que la salvaguarda de la discreción no debía anteponerse al cuidado de los más frágiles.

—¿Y cómo es que Alain te ofreció trabajo?

—Es una larga historia.

—No importa.

Hélias le dio otro sorbo a la cerveza. Eso le proporcionó tiempo para ordenar sus ideas.

—Yo siempre pasaba en segundo lugar, y Alain ya no sabía qué más hacer con el primer paciente. Incluso al psiquiatra le parecía un caso perdido. A raíz de un accidente de moto, había dejado de hablar. Por completo. Mudo total. Su padre, que era quien conducía, había sufrido lo suyo. Vivía, sí, pero con las dos piernas amputadas. Destrozadas durante la caída. Y su hijo no podía superarlo. A mí me daban mucha pena. Y me la siguen dando. En fin, de todos es sabido que una sesión no funciona si el interesado no se expresa. Los olfatos necesitan detalles sobre los olores asociados a los recuerdos. Así que Alain le presentaba olores genéricos: atmósferas simples del tipo bosque, parking, centro comercial, feria de atracciones... Creo que incluso probó con el olor a piscina municipal. De ese modo, esperaba desencadenar al azar un recuerdo feliz. Pero no funcionaba, el paciente luchaba contra cada uno de sus viajes con SVM. Una tarde, cuando estaba a punto de irme, me armé de valor y le confesé a Alain que tenía una idea. Nadie lo diría, porque hoy reboso seguridad, pero entonces esa iniciativa me exigió mucho valor. —Nora sonrió pensando en la primera imagen que había tenido del aspirante. Hélias estaba orgulloso de su broma—. El padre acompañaba al hijo en cada visita y aguardaba en la sala de espera. Seguramente, era una forma de luchar contra los remordimientos por haberlos puesto en aquella situación. Ver a un motero en silla de ruedas con la chupa de cuero puesta ya impresionaba bastante, pero además él parecía sentirse tan culpable, tan desgraciado, que a mí se me encogía el corazón. Aún me parece estar viendo su cara, con las gafas de sol y el bigote enrojecido por el tabaco. Un padre que muestra que la ha cagado es un espectáculo difícil de olvidar. Pero, al cabo de unas cuantas visitas, me di cuenta de que, cuando se reencontraban, a los dos se les iluminaba la cara. Aunque no se dijeran nada. La fuerza de su conexión era digna de verse. Así que le expuse mi idea a Alain: preparar un olor que recordara la figura paterna. Como me faltaban tanto la jerga del oficio como los conocimientos, y como habría sido totalmente incapaz de crear yo mismo esa atmósfera, Alain me propuso que trabajáramos juntos. No fue demasiado complicado. Pasé tanto tiempo con el padre que todavía tengo su olor en las pituitarias. Su cazadora de cuero olía a grasa, con notas avinagradas, casi aciduladas. El humo de sus cigarrillos de maíz había impregnado todo su pelo. Cabellos, vello y uñas se habían convertido en auténticos difusores por capilaridad. Tenía el aliento cargado y el sudor, cumínico. Su ropa olía a gasóleo, neumático y aceite de motor. Hasta tal punto que a veces me preguntaba si no sería una Harley disfrazada de hombre. Le describí todo eso a Alain, que pudo recrear la atmósfera y ofrecérsela al hijo. La semana siguiente, después de decenas de sesiones sin el menor resultado, el paciente pronunció al fin algunas palabras. Y esa misma tarde yo conseguí mi primer trabajo.

A Nora le interesaba más cómo había entrado Hélias en Fragancia que la historia del padre y el hijo. No había ningún sistema estándar de contratación. Cornélia solo se rodeaba de los más espabilados, creativos e imaginativos, así que, para ganarse un puesto, había que demostrar iniciativa. Atreverse a todo. Nora había oído hablar de entrevistas, espionaje, chantaje y secuestros. La historia de Hélias era lo que más se aproximaba a una invitación oficial. Siguieron charlando un rato más, hasta que Nora se disculpó: tenía que dejarlo. La única ventana de la semana para encontrarse con Audrey iba a cerrarse.

20

—Gracias por tu testimonio.

Nora cerró a su espalda la puerta de vaivén y volvió a su sitio en la habitación contigua a la sala del grupo de apoyo. Miró con deseo la máquina de café y las cápsulas colocadas sobre la mesa plegable, pero su prudencia ganó la partida. De todas formas, su vejiga no habría soportado otra taza. Echó un rápido vistazo a sus compañeros de espera. Expresiones serias, uñas mordidas y semblantes pálidos: todos parecían agotados. Rara vez una agresión destrozaba una sola vida. El colectivo de apoyo a las víctimas de violencia sexual permitía esperar allí a las personas próximas que así lo desearan. A lo largo de las sesiones, las monitoras habían advertido que algunas participantes hablaban con más libertad cuando sabían que había alguien cercano al otro lado de la puerta.

Nora recibió un SMS de Abbad. Llegaría con retraso. La noticia la contrarió. No podía realizar el interrogatorio sola, de ninguna manera.

—¡Joder! —masculló, demasiado alto.

Nadie reaccionó. Cada cual tenía sus propias preocupaciones.

El pésimo aislamiento sonoro de la puerta de vaivén permitió a Nora saber que le había llegado el turno de intervenir a Audrey. Aguzó el oído.

La chica empezó admitiendo que esa semana le había parecido más soportable que las anteriores. Solo había tenido un ataque de ansiedad, y un poco menos fuerte que los demás. En cambio, seguía preocupándole que todos la percibieran como a una víctima. Tenía constantemente la sensación de que la miraban con lástima, como a una versión rebajada, empequeñecida, encogida de la mujer que había sido hasta hacía poco. Y odiaba esa conmiseración casi tanto como al hombre responsable de ella.

Una de las coordinadoras intentó tranquilizarla:

—Al contrario, todo el mundo te considera extraordinariamente fuerte. Nadie te tiene lástima.

El grupo lo aprobó al unísono. Sin apenas rozarla, las palabras de la monitora chocaron contra la firmeza de Audrey. Un desconocido la había ensuciado, y los demás se lo recordaban sin cesar con su forma de dirigirse a ella. Esa era la realidad con la que tenía que vivir día tras día. Rectificación: la había ensuciado un hombre. Y no era más que el último de una larga lista. Hoy consideraba que todos los que habían pasado por su vida la habían maltratado de alguna manera. Una lista llena de perdedores. Empezando por su propio padre. Un completo fracasado que arrastraba a quienes lo rodeaban a su mediocridad. Un borracho, incapaz de conservar un trabajo más de un mes, cuya distracción favorita consistía en humillar a su mujer, tanto era así que las personas de su entorno tenían más recuerdos de ella llorando que alegre. Inteligencia, peso, vestidos... Las fuentes de inspiración para denigrarla parecían inagotables. Por fin, hacía cinco años, agotadas las maldades, se había largado con otra. En sus relaciones amorosas, a Audrey la habían dejado, engañado y utilizado; solo había tenido aventuras que le hicieron daño. El único hombre del que realmente había estado enamorada se marchó de un día para otro y no volvió a dar noticias. Creyendo que le había ocurrido algo, Audrey contactó con sus amigos. Uno más valiente que los demás le confesó que ese «algo» era el embarazo de su novia oficial. Cuando tenía dieciséis años, Audrey se topó con una pintada detrás de la estación de tren de Cesson: «El hombre es un lobo para la mujer», y durante mucho tiempo había dudado si tatuarse aquella reformulación de la frase de Hobbes. Pero había habido una excepción. Un tipo diferente a todos los demás que, entre dos abandonos paternos, había conseguido hacer feliz a su madre. Audrey, que en esa época tenía cuatro años, apenas conservaba nada de él, salvo la certeza de haber sido feliz en su compañía, y a veces se agarraba a ese recuerdo, como para convencerse de que quizá volvería a sentirse así algún día.

El ruido de sillas arrastradas informó a los acompañantes de que la sesión había terminado. Ya podían reunirse con sus familiares en la sala principal. Mientras las organizadoras ponían orden en la habitación, las participantes charlaban entre sí. Nora se dejó llevar por el movimiento general y atravesó el decorado, con su suelo de linóleo, sus paredes amarilleadas por el tiempo, su falso techo modular y sus plafones LED. Durante el día, en la sala se celebraban coloquios y otras actividades del centro cultural de Melun, así que las paredes estaban cubiertas de carteles preventivos de todo tipo. Los chavales de la década de los noventa, alegres y sonrientes, añadían una nota desenfadada al lúgubre ambiente. Nora se acercó a Audrey. Alta, delgada, con la cara chupada y la barbilla prominente, la estudiante de enfermería emanaba un orgullo discreto. Estaba sola. Nora echó un vistazo a través del ojo de buey de la puerta de entrada, y se quedó consternada al no ver la cara de Abbad.

«¿Y ahora qué hago?», se dijo. Había una opción, consistente en presentarse a Audrey como una asesora que colaboraba con la policía en la investigación en curso, e intentar hacerle ella misma las preguntas. Pero ¿cómo? Sacar el tema de su perfume de buenas a primeras no tenía el menor sentido. Y hablar de Fragrancia era inimaginable. Parecería una loca, y Audrey la mandaría a paseo. En ambos casos, no obtendría ninguna respuesta.

Mientras se exprimía el cerebro buscando la solución apropiada para cada posible escenario, Audrey, tras recoger el bolso, que había colgado en el respaldo de su silla, se dirigió hacia la salida. Si había que actuar, era el momento. La aproximación más sutil posible. Pero ¿había alguna? «Hola, ¿qué tal? La noche en que te violaron, ¿recuerdas si llevabas algún perfume?».

No, realmente se sentía incapaz de hacerlo sola. Audrey estaba a punto de marcharse. A Abbad solo le quedaban unos segundos para aparecer, interceptarla y salvar los muebles. Pero el milagro no se produjo. La chica cruzó la puerta y desapareció. Nora telefoneó al policía, pero le saltó el contestador. ¿Ah, sí? Pues que se las apañara.

Fuera, una simple chaqueta habría bastado para atravesar la oscuridad sin pasar frío. Nora llegó al parking, donde la esperaba el coche. Móvil en mano, le escribía un SMS a Abbad intentando contener su frustración. Redactaba y borraba las mismas frases, que encontraba demasiado vehementes una y otra vez. Agriar aún más su relación con el inspector no ayudaría. Cuando estaba llegando al vehículo, su chófer señaló algo detrás de ella. Caminando con paso vivo, Abbad estaba a punto de alcanzar a Audrey. Nora borró el mensaje y subió al vehículo.

—¿No lo espera?

—No he hecho otra cosa en toda la tarde. Él sabrá arreglárselas.

Con un gesto, le indicó a François que arrancara. Estaba de mal humor. Aunque Abbad tenía parte de la culpa, el motivo principal era el testimonio de Audrey, que la había sacudido.

Durante el trayecto de vuelta a Fragrancia, recibió un SMS de Steve. Su tapadera para abordar al presunto violador estaba lista.

21

En la sala de control, Nora observaba las pantallas gigantes, que mostraban a un grupito de hombres con batas inmaculadas, gorros y fundas de plástico en los zapatos. En medio de un zumbido industrial, deambulaban entre los grandes brazos automatizados, que se afanaban sobre una línea de producción. Todo el laboratorio, revestido de baldosines blancos, había sido preparado para su visita. Por ejemplo, los científicos habían cubierto con un adhesivo negro los nombres de algunos de los productos contenidos en los tanques de acero inoxidable y demás recipientes. Los intrusos podían ver, pero solo lo que Fragancia estaba dispuesta a mostrarles. La zona de fabricación de la SVM, situada en una de las dependencias del centro, era el lugar más vigilado y secreto de toda la propiedad. El teléfono de Nora vibró.

—Si hay alguna novedad, no dude en llamarme. Me quedo en el edificio —dijo tras echarle un vistazo al SMS que acababa de recibir.

El hombre que permanecía de pie ante una consola de pilotos parpadeantes asintió en silencio. La mano derecha de Cornélia conocía bien al equipo encargado de guiar y vigilar a los visitantes, y no dudaba en absoluto de la buena marcha de la inspección. Acercó la tarjeta negra al lector electrónico y abandonó la sala. Steve, tocado con un gorro de plástico, la esperaba en el vestíbulo. Nora no pudo evitar sonreír al ver su facha.

—¡Desde luego, ya te vale! ¿No podías venir tú a Ciberseguridad? —gruñó Steve ante la risita burlona de Nora.

—Uno: he pensado que te sentaría bien salir de tu madriguera. Y dos: prefiero quedarme por aquí. Tengo una delegación de agentes del Estado curioseando en nuestras dependencias.

Con el fin de mantener la incertidumbre legal y reglamentaria a nivel gubernamental, Cornélia no había tenido más remedio que aceptar ciertas obligaciones. La visita anual de los inspectores sanitarios a la planta de producción de la SVM era una de ellas. Una tapadera grotesca y superflua. Toda Fragrancia sabía que aquellos «inspectores» eran en realidad agentes de la Dirección General de Seguridad Interior. Y, con el aumento del tráfico de SVM falsa, la frecuencia de las visitas había aumentado. Era la cuarta en lo que llevaban de año.

Nora y Steve se instalaron en una sala de reunión que con el tiempo se había convertido en el comedor del personal de laboratorio. Olía a Pasta Box y a lentejas saladas pequeñas. La encimera, en la que en tiempos había habido un proyector, estaba presidida por un microondas. Steve dejó un ordenador portátil delante de Nora y se sentó a su lado. Como si se dispusiera a ver la última película de Christopher Nolan, abrió un paquete de gominolas y empezó a devorarlas. Primero, las amarillas.

Lo alucinante de la velocidad a la que avanza la tecnología es que basta con que te despistes un momento para que estés totalmente perdido. Así fue más o menos como se sintió Nora cuando conoció a su alias digital. Tras el fracaso de las gemelas en sus intentos de pinchar el ordenador de Simon Vilmet, Steve había tomado el relevo. Indagando más, había descubierto que el influencer se enfrentaba a ciertas dificultades. La sospecha de prácticas fraudulentas estaba dañando su reputación, y los anunciantes creíbles empezaban a escasear. La controversia había comenzado cuando una tal RedHair63 se quejó en las redes de no haber recibido su PS5, merecidamente ganada. El motivo era muy sencillo: el lote no existía. Probablemente, Vilmet había organizado ese juego-concurso falso con el único fin de aumentar sus estadísticas y su número de seguidores. Esa práctica, habitual entre los influencers, no solía acarrear ninguna consecuencia. Pero Vilmet parecía abusar de ese tipo de timos, y aquella enésima queja había acabado por galvanizar y empujar a la rebelión a toda la gente a la que le había tomado el pelo hasta entonces. Seguramente por consejo de su agente, Vilmet había colgado un vídeo con una pseudodisculpa. «De todas formas, estamos en internet, antes o después acabaréis cansándoos», concluía. Steve reconocía que su insolencia demostraba cierta altivez.

Mientras esperaba a que los internautas se cansaran, el influencer se limitaba a promocionar productos dudosos que daban poco dinero. Se veía obligado a prestar su imagen a marcas de sudaderas con calaveras de lentejuelas, plumones blancos con cuello de piel negra y complementos nutricionales considerados ineficaces contra la calvicie.

En cambio, en lo tocante a la formación, todo iba de maravilla. En los últimos tiempos, el *trading* en el sector de la criptografía marchaba viento en popa. Cada vez eran más los neófitos que creían poder hacer fortuna en ese «Eldorado» digital. Aunque seguían teniendo menos posibilidades de ganar un solo céntimo en esas inversiones de alto riesgo que de ser seleccionados para la próxima expedición a Marte de SpaceX, Vilmet les hacía creer lo contrario. Durante la fiebre del oro, quienes se hicieron ricos fueron los vendedores de palas.

—No necesita pasta. —Steve se metió otras tres gominolas en la boca, lo que hacía difícil entenderlo—. Lo que necesita es un lavado de cara.

—Hay que proponerle una colaboración prestigiosa.

—Exacto.

Steve se inclinó hacia el teclado y escribió «Florence Henau» en el buscador. Aparecieron docenas de webs. En Wikipedia, Nora leyó que la tal Florence era la directora de marketing del grupo Gametech, primer editor francés independiente de videojuegos. Extravagante, autodidacta y decidida, se la conocía como «la papisa de los frikis».

—¿Quién es?

—Tú.

Nora se apresuró a clicar sobre una de las supuestas fotos de Florence Henau y vio aparecer su propia cara. Le entró la risa floja. Steve le explicó que lo más difícil había sido invisibilizar al auténtico director de marketing de Gametech. Una vez relegado a los confines de los motores de búsqueda, Steve había tenido el campo libre para inventarse aquel alias. Gracias a los programas de retoque fotográfico, Florence Henau participaba en todas las veladas, en todos los eventos. Youtubers con millones de seguidores, equipos ciberdeportivos multipremiados... Parecía conocer a la flor y nata de las celebridades 2.0. Gente a la que, por supuesto, Nora no había visto en su vida. En las redes sociales, todas sus cuentas exhibían un distintivo azul que certificaba su autenticidad. Sumando Instagram, Facebook y X, rondaba los treinta mil seguidores. Por unos cientos de euros, podía obtenerse cualquier cosa a través de intermediarios poco escrupulosos. Para colmo del realismo, decenas de artículos mencionaban su nombre. *Le Monde*, *Le Nouvel Obs* e incluso *Les Échos*: otras tantas páginas clones, que desaparecerían en cuestión de días.

—Increíble.

—Pero habrá que actuar con rapidez. Una indexación web como esta cuesta mucho dinero, y Google no tardará en hacer caer todos esos sitios web falsos.

—Enviémosle una invitación ahora mismo.

—¿Has pensado en el olfato que te acompañará en esta misión? Para que pueda hacerlo pasar por tu ayudante.

—Aún no. Llevan toda la semana evitándome. Pero acabaré encontrando a alguno.

Minutos después, habían contactado con el agente de Simon Vilmet y fijado un encuentro para la tarde del día siguiente. Nora sabía cuál era el sitio ideal para cerrar la trampa sobre Vilmet.

22

Durante los últimos días, Hélias apenas había salido del laboratorio olfativo. La sala estaba dividida en varias zonas con sus respectivas mesas, una para cada ayudante. La suya estaba al fondo, al lado de una ventana panorámica. No podía pedir mejor situación. Tenía las botellas azules llenas de SVM en autoservicio, al alcance de la mano. Aquella abundancia era un gran cambio respecto a su mísera reserva escondida en el techo falso de los lavabos de Le Mans.

Otra gran diferencia consistía en la conformidad con las normas de seguridad. En el centro de cada zona de trabajo había un lavaojos. Aquellos lavabos, que a Hélias le recordaban los dispensadores de agua de las series estadounidenses, servían para enjuagarse los globos oculares en caso de salpicadura. Un dispositivo cómodo para los técnicos que no querían acabar como Daredevil, pero sin sus poderes.

El laboratorio contaba incluso con cuatro campanas de extracción de gases, una especie de acuarios gigantes y ventilados para trabajar con los olores más fuertes. Un equipamiento del que, naturalmente, carecía la oficina de Fisson. Un día, Alain y él volcaron un frasquito de buchu mercaptan puro y provocaron la evacuación de todo el edificio. Esa materia prima, también llamada tiomentona, era tan potente que años después Hélias tenía la sensación de seguir oliéndola en las paredes. En el lenguaje científico, ese fenómeno se conocía como fantosmia. Una especie de alucinación olfativa. Para una de las pacientes de Alain, que padecía ese trastorno, la sala de espera de Le Mans, por ejemplo, apestaba a perro mojado.

Las dificultades relacionales de Hélias habían podido más que su deseo de integrarse en el equipo. Ahora tenía que buscar excusas para comer por su lado, evitaba las horas punta en la máquina de café y se anticipaba a los desplazamientos de los auxiliares para esquivarlos. Pero el esfuerzo que eso le exigía terminó por hacerle lamentar su actitud. Entre otras cosas porque le habría venido bien un poco de ayuda para navegar por la biblioteca de materias primas olfativas. En comparación con ella, el catálogo de Le Mans parecía un surtido de aceites esenciales Nature & Découvertes. Hélias, que creía dominar los compuestos orgánicos más corrientes en perfumería, se había encontrado de pronto con cetonas, ésteres, aldehídos y alcoholes totalmente nuevos para él. Ese aprendizaje era una auténtica cura de humildad. Como un pianista que, al ver el instrumento de otro intérprete, se da cuenta de que al suyo le faltan teclas. Algunos compuestos tenían el olor de una rosa recién eclosionada; otros, el de una lona negra dejada demasiado tiempo al sol. Cada molécula desconocida era un mundo de posibilidades abierto ante él. Un aldehído con acentos afrutados, y su imagen de un frutero se enriquecía un poco más. Una cetona que recordaba las violetas ácidas, y Hélias saboreaba el olor de un caramelo de su infancia. Sabiendo que, para dominar una esencia, se necesitaban varias sesiones de olfacción, el esfuerzo parecía titánico. Calculó que para ponerse al día necesitaría un año largo. Fines de semana incluidos.

De hecho, con cada nuevo compuesto químico su resentimiento hacia Alain aumentaba. Durante su aprendizaje, Hélias había pasado por colecciones de todo tipo —desde las etiquetas de los melones hasta las conchas de molusco rajadas, pasando por los rollos de cartón de papel higiénico—, pero a su mentor no se le había ocurrido ni una sola vez dedicarle tiempo a la única que realmente importaba: la de las materias primas. Ya que no podía quejarse por teléfono, puesto que seguía teniéndolo pinchado, se lo diría en persona dentro de unos días, cuando viniera al centro.

* * *

El viernes a media tarde, después de haber revisado la familia de las aromáticas alcanforadas, se concedió un descanso. Aparte del personal de limpieza, estaba solo en el laboratorio. Un equipo sacaba brillo a los baldosines del suelo y las paredes mientras un trabajador solitario recogía en un carrito metálico los recipientes de cristal utilizados el día anterior por los ayudantes. Entretanto, otro le estaba quitando el polvo a las estanterías: levantaba cada frasco etiquetado, pasaba el paño debajo y volvía a dejar el recipiente en el sitio exacto de donde lo había cogido. Un trabajo meticuloso y pesado. Durante una de sus escasas conversaciones con ellos, Hélias se había enterado de que a ninguno le gustaba aquel trabajo y que se turnaban semanalmente. Solo la decana del equipo, María, estaba dispensada de hacerlo, debido a su edad y a que las manos ya no la obedecían como antes.

Hélias fue a buscar un brownie a uno de los dispensadores automáticos de la sala de descanso y volvió para saborearlo delante de su ventanal. Estaba prohibido comer en el laboratorio, pero confiaba en la discreción del personal de la limpieza.

Desde lo alto de su mirador veía el parque en su totalidad. El cielo encapotado y sus amenazadoras nubes habían dejado los jardines vacíos de vagabundos senescentes. Las personas de edad representaban más del ochenta por ciento de los pacientes de Fragancia. Alain se lo había explicado: eran la mejor clientela. «Con un simple olor a fresa, se les pueden sacar mil recuerdos», solía decir. Solo Cahetel, la civeta, que brincaba intentando cazar herrerillos al vuelo, daba un toque de animación al paisaje inmóvil.

El ruido de los carritos de los limpiadores, que abandonaban la planta a toda prisa, arrancó a Hélias de sus pensamientos. Estaba claro que no querían encontrarse con el olfato Cholet, que se dirigía hacia la mesa de Hélias. Su capacidad para no hacer el menor ruido al andar desafiaba al entendimiento. Sobre todo, con un corpachón como el suyo. A medida que se acercaba, Hélias se descomponía. Giró sobre los talones, se metió el brownie en el bolsillo de la bata y, de cara a la ventana, se apresuró a tragarse lo que tenía en la boca.

—Hágame el favor de no comer aquí —gruñó Cholet colocándose justo a su lado.

Los minutos pasaban, y el olfato, silencioso, seguía con los ojos clavados en el exterior. Parecía fascinado por lo que ocurría a sus pies. Por fin, se volvió.

—Mi preparador de atmósferas se ha marchado. El puesto está vacante.

—Es usted muy amable, pero yo voy a convertirme en olfato. Se acabaron los puestos de ayudante.

La risa sarcástica de Cholet lo sorprendió. El olfato se volvió de nuevo hacia la ventana y señaló a Cahetel con el dedo.

—¿Sabía usted que cuando las civetas se sienten amenazadas, las glándulas situadas al lado de su ano segregan un líquido amarillento y nauseabundo? Al parecer, esa densa y pegajosa sustancia fecal repugna y aleja incluso a los predadores más tercos. Salvo al peor de ellos: el hombre. Ya ve, ese olor le pareció tan carnal, embriagador y potente que decidió incorporar el licor de civeta a sus perfumes. Durante centenares de años ha cazado y explotado al animal con ese único fin.

—Sí, conozco la procedencia de la algalia natural, pero no comprendo por qué me cuenta eso.

Cholet siguió hablando como si tal cosa:

—Para recoger la valiosa esencia, se encerraba a esas bestezuelas en jaulas apenas más grandes que ellas y se golpeaban los barrotes con fuerza. El estrépito asustaba al animal, que se apresuraba a secretar su líquido en cubetas colocadas debajo. La operación se repetía una y otra vez, día tras día, hasta que los animales morían de agotamiento. —Cholet se concedió unos segundos de silencio, como para darle tiempo a digerir lo que acababa de oír, y prosiguió—: Pues bien, no puedo evitar hacer una correlación. Como las civetas, usted posee algo que nosotros queremos. Y también como ellas, se muestra poco cooperador. Pero no se preocupe, no le encerraremos ni le obligaremos a nada. —El olfato se inclinó hacia él con una sonrisa cruel y murmuró—: Pero lamentará no haber entrado en la jaula voluntariamente.

Y, dando media vuelta, abandonó el laboratorio.

La violencia de sus palabras había dejado a Hélias sin habla. Después de tantos años idealizando Fragrancia, poco a poco estaba descubriendo su lado más brutal. Temblando, sacó el móvil y empezó a marcar el número de Alain, pero se interrumpió. «Respira, respira...». ¿Era capaz de resistir semejante presión y semejante dureza? Soñaba con convertirse en olfato, sí, pero ¿a cualquier precio? Era muy sencillo, cada interacción con Cholet hacía que echara de menos su vida de antes. En el fondo, ¿no aspiraba simplemente a eso? La tranquilidad de una ciudad de provincias. La normalidad de las relaciones. Los tejemanejes de Fontainebleau lo superaban.

Poco a poco consiguió serenarse. Seguramente solo se trataba de un mal momento. ¡Venga, ánimo! Un poco más de paciencia y le confiarían una oficina. Un sitio en el que reinaría la buena voluntad. Ni cizañeros ni intimidadores: solo gente feliz rodeada de materias primas y recuerdos.

Cuando se disponía a volver a su mesa de laboratorio, apareció un tipo con la lengua fuera.

—Nora me ha mandado a buscarlo. Sígame. Enseguida.

23

Absorta en sus pensamientos, Audrey no oyó el alboroto de los alumnos que escapaban de su última clase. Erguida, impasible, lo único que reflejaba su enorme pena eran sus relucientes ojos. Volvió en sí segundos después. Se agachó, buscó en su mochila, sacó un pastillero, lo abrió e ingirió un comprimido. En el aula ya solo quedaban el profesor y ella. El hombre, demasiado ocupado en recoger sus notas, ignoraba su presencia. Audrey se levantó sin hacer ruido y salió a su vez.

Era el primer día que asistía a la escuela desde la agresión. Un momento delicado pero necesario. La jornada había ido mejor de lo que esperaba. Muchos estudiantes se le habían acercado para mostrarle su apoyo. También algunos curiosos, que querían más detalles de lo ocurrido durante la fiesta de Émilie. Se habían vuelto a ir decepcionados. Audrey no se acordaba de nada. A menudo la dureza de la reconstrucción interesa menos que la brutalidad de la agresión.

En cuanto salió al pasillo, su mente volvió a divagar y a hacer conjeturas sobre los progresos de la investigación. El día que fue a comisaría para poner la denuncia se intercambió el número de teléfono con Ali Abbad, el inspector encargado del caso. «Si tienes el menor recuerdo, o si simplemente quieres hablar porque no te encuentras bien, no dudes en llamarme». Su actitud le había parecido muy considerada. No se correspondía con la idea que tenía de la policía. Sin embargo, cuando le preguntaba por la marcha de la investigación, las respuestas del inspector nunca la satisfacían. Le hablaba de la lentitud de la administración, de plazos procesales y de falsas pistas. Escribía recapitulaciones prudentes, moderadas.

Esa tarde, víspera del fin de semana, el pasillo se había vaciado de figurantes. Fuera, había empezado a llover, con fuerza. El ruido del agua en las ventanas recordaba a una salva de aplausos entusiasmados. Buscó de nuevo en el bolso y sacó un paraguas plegable. Hasta que no estuvo fuera del edificio, a merced de los elementos, no se dio cuenta de que a los árboles les faltaban ramas. Mientras corría hacia la marquesina de la parada de autobús, distinguió la figura atlética y familiar de Émilie al otro lado de la calle. Le daba la espalda mientras se alejaba en dirección al centro. Émilie no se había interesado por ella desde la agresión. Aunque ese comportamiento encajaba con el tipo de relación que tenían, tormentosa y cambiante, las circunstancias justificaban que Audrey estuviera molesta con ella. ¿Qué clase de persona ignoraba a una amiga que estaba pasando por un trance como aquel? Herida, Audrey quiso aclarar las cosas. Trató de llamarla, pero el ruido de la lluvia ahogó su voz. Tenía dos posibilidades: correr tras ella con su paraguas descuajaringado o mandarle un mensaje para que se detuviera. Viéndola alejarse, optó por la segunda. Audrey cogió el móvil, abrió la aplicación de mensajería y pinchó el nombre de su amiga. «¿Va todo bien?». Era la primera vez que veía aquel mensaje de Émilie. Debía de haber clicado en él sin darse cuenta. Pero ¿cuándo? Comprobó la fecha y la hora. El corazón le dio un vuelco. Con un nudo en la garganta, pulsó la tecla de llamada. A lo lejos, detrás de la cortina de lluvia, la figura se detuvo, metió la mano en un bolsillo de la parka, sacó el móvil, miró unos segundos la pantalla iluminada y acabó descolgando.

—¿Por qué me enviaste ese mensaje?

—¿Cuál?

La voz de Émilie parecía venir de los confines del mundo.

—El que me mandaste a las cuatro de la mañana, la noche en que me violaron. —Hubo un silencio. En la calle, solo la lluvia se atrevía a expresarse—. Contesta.

—Déjame en paz, Audrey.

—Si viste algo, dímelo. ¿A qué juegas? —Nuevo silencio. Aún más pesado que el anterior. El agua se colaba por todas partes, y Audrey estaba empapada. El pelo se le pegaba a las sienes. Al borde de las lágrimas, imploró a su amiga—: Dime lo que sepas, te lo suplico.

La voz se le quebró. Émilie farfulló una disculpa y colgó. Ahogándose, Audrey asistió impotente a la huida de la chica a la que hasta hacía poco había llamado amiga. No tenía fuerzas para correr detrás de ella. De hecho, moverse le parecía imposible, porque las piernas apenas la sostenían. Sus lágrimas brotaron al fin y se mezclaron con la lluvia. De pronto, se sintió sola. Espantosamente abandonada, traicionada. Se dejó invadir por el rencor. Y una cólera amarga. Herida en lo más vivo, tecleó frenéticamente un SMS y pulsó «Enviar».

* * *

Derrumbado en el sofá, Abbad tuvo que apartar una caja de pizza vacía, reliquia del almuerzo, para coger el móvil y leer el mensaje que acababa de recibir. «Émilie me oculta algo sobre la noche de la agresión». Las palabras de Audrey le encogieron el corazón. Se levantó y empezó a pasearse por el salón. No podía contarle la dura verdad. Desde que Nora le había revelado la existencia de aquel «¿Va todo bien?» dos días antes, él había aumentado la presión sobre Émilie para convencerla de que hablara. Su intuición le había dicho que desconfiara de la chica desde el principio, y se alegraba de haberla escuchado. Émilie ocultaba algo, y ahora hasta Audrey lo sabía.

«No hace falta ser un inspector fuera de serie», se dijo.

Cada vez que mencionaba el nombre de Simon Vilmet delante de ella, Émilie se cerraba en banda. Abbad sabía que su testimonio era esencial para desenmascarar al influencer. Pero, pese a sus promesas de protegerla y eliminar el vídeo, si es que existía, no había conseguido nada. La estudiante sostenía que había enviado el mensaje al comienzo de la velada y que, por falta de cobertura, no había llegado a su destino hasta entrada la noche. Una hipótesis que el equipo de Nora ya había refutado. Pero Émilie no cambiaba su versión. La verdad era que, por miedo a las represalias, la chica prefería sacrificar a Audrey.

«Yo me ocupo». Su enésimo SMS apaciguador.

Aquello lo destrozaba interiormente. Se levantó, fue a la cocina y apagó el cigarrillo en el fregadero. Entre eso, el frigorífico, en el que no había más que medio limón seco olvidado en un estante de la puerta, y los calcetines hechos un rebujo rodando por todo el piso, a su alrededor apestaba a soledad. Se había repetido tanto la fácil excusa de tener un trabajo demasiado absorbente para una vida de pareja que había acabado por creérsela él mismo. Algún rollo que otro, pero nada serio. Su carácter taciturno había dado al traste con la mayoría de sus relaciones. En cuanto una relación iba a más y se acercaba el momento fatídico de expresar las emociones, Ali bajaba a la bodega para sabotear el barco. Y es que, en realidad, nunca había tenido esos grandes sentimientos que empujan a desafiar los mares, escalar montañas y dejarle al otro el último Ferrero Rocher. Bueno, sí. Había ocurrido. Una sola vez. Hacía veinte años, una mujer puso su mundo patas arriba. Dos años escasos de un amor puro le habían dejado heridas mal cicatrizadas. Pensaba en ella a menudo. Más de lo que estaba dispuesto a reconocer. En especial, recordaba una frase suya. Él acababa de ingresar en la policía, sin ambición de hacer carrera en ella, y se quejó de que la jornada de trabajo se le hacía larga y aburrida detrás de su escritorio. Según ella, si lo normal era sonreír cuando todo iba bien, también había que alegrarse cuando todo parecía banal: «La rutina es una felicidad discreta», sentenció. Aquella frase no se le había olvidado. Hoy habría dado lo que fuera por disfrutar esa rutina. Pero aquella mujer se marchó, llevándose consigo la felicidad de una vida compartida, para volver a caer en los brazos de su ex, el padre de su hija. Un auténtico gilipollas, por cierto. Desde entonces, no pasaba una semana sin que se arrepintiera de no haber intentado disuadirla de aquella mala elección, pues le pareció una insensatez.

Con la pista de Émilie desesperantemente cerrada, a Abbad solo le quedaba la opción de Fragrancia. Se preguntaba qué carajo hacían allí con sus máquinas olisqueadoras y sus palabras técnicas para describir el olor de una cagada de mosca. Ya no soportaba la espera. Necesitaba actuar, avanzar, luchar, intentar algo. Moverse. Eso era lo único que valía. Aunque fuera a tontas y a locas. Siempre servía de algo. En otoño, para limpiar el suelo de hojas, por ejemplo. Aumentaría la presión sobre la drogata de Nora. Si ella no le daba resultados rápidos, no dudaría en delatar a su camello ante Cornélia. Ahora sus destinos estaban unidos.

24

Minutos antes de la salida, Nora comprendió que ninguno de los ocho olfatos le echaría una mano. Reaccionaban como niños malcriados. Cada vez soportaba menos a aquellos divos, y la idea de que Cornélia no tardaría en librarse de unos cuantos la regocijaba. Un recordatorio claro: no sois intocables, panda de déspotas de tres al cuarto. En el ínterin, necesitaba ineludiblemente a un olfato para llevar su misión a buen puerto. O al menos a alguien que supiera oler. Entonces se impuso la opción Hélias. Aunque al principio utilizar a alguien a quien pensaba mandar a casa en cuestión de días la incomodó, al final la urgencia de la situación había ganado la partida.

—¿Está listo todo el mundo?

El miembro del equipo al que había mandado a avisar a Hélias volvió a unirse al grupo, que esperaba en el aparcamiento del centro. Nora echó un vistazo a su espalda. Su dilema moral se acercaba con el pelo revuelto y la nariz en alto.

Una hora después, Nora, Hélias, las gemelas y dos guardias de seguridad, uno de ellos al volante, circulaban en una furgoneta en dirección a París. La lugarteniente de Cornélia aprovechó el viaje para resumirle la situación al aprendiz de olfato. Quién era Audrey, lo que le había pasado y la posible culpabilidad de Vilmet. Mientras se lo explicaba, podía ver agitarse la pierna del chico. Lo prefería cuando manoseaba la ficha. A unos cien metros de su destino, le recordó a cada uno su cometido y se volvió hacia Hélias.

—El objetivo principal de esta velada es determinar el olor de Vilmet. —Le enseñó una foto del influencer—. Todo lo que se te pide es callar y oler. Si lleva algún perfume, solo tienes que descubrir cuál.

—Como un sabueso.

—No empieces, por favor. —Nora se pellizcó el puente de la nariz—. Ya tengo ocho egos hinchados con los que lidiar en el centro.

—Perdón.

París estaba lleno de clubes de acceso reservado. Lugares secretos en los que grandes ejecutivos, políticos y lobistas alternaban con modelos, famosas y escorts, un mundillo regido por la endogamia y la discreción. Le Domestique pertenecía a esa categoría de establecimientos inaccesibles al gran público, pero no a Cornélia. Tanto era así que a Nora le había bastado con pronunciar el nombre de pila de su superiora en la entrada para disfrutar de todo lo bueno que ofrecía el lugar.

Por fuera, Le Domestique parecía el típico edificio hausmanniano. Pero, una vez cruzabas el vestíbulo, accedías a un universo formado por salas de recepción, restaurantes y salones privados. En el último piso, tenía incluso una terraza panorámica. El escenario era perfecto; ahora todo dependía de los actores.

Además de Hélias, Nora había pedido a las gemelas que la acompañaran. Su amplio conocimiento de la cultura *geek* haría que la operación resultara más creíble. A veces, para parecer un especialista en determinado tema, basta con dominar la jerga.

El debate entre los empleados de Fragrancia estaba en pleno apogeo cuando un camarero acompañó a su mesa a Vilmet y su agente. Se les veía tan relajados como a dos mulas en la aduana. Citándolos allí, Nora pretendía impresionarlos, y lo había conseguido. Con un gesto de la mano, los invitó a sentarse. Mientras los demás entraban en el juego de las conversaciones preliminares, Hélias buscaba el menú con los ojos. No era raro para la comida, salvo con todo lo relacionado directa o indirectamente con el mar. Opinaba que cualquier cosa que procedía de él debería seguir allí. Pero tendría que haberlo imaginado: en aquel sitio excepcional no podía haber un menú corriente. Así que se puso en manos del destino.

Simon Vilmet cuidaba su forma física y se ponía ropa entallada para resaltar sus músculos. A Nora no le habría extrañado que aún tuviera en el armario de su habitación un póster de Brad Pitt en la película *Troya*. Un poco callado al principio de la comida, no tardó mucho en sentirse cómodo. Sus miradas se volvieron más insistentes y sus gestos, más amplios. Interrumpía a los demás hasta con su tos.

Los camareros trajeron el entrante del menú único: «Fantasía de pulpo y flores de calabacín». «La primera en la frente», pensó Hélias.

Entretanto, Simon seguía ganando confianza. Tenía un parecer y una posición para cada tema. Una opinión oíble, mesurada, que nunca se aventuraba más allá de lo políticamente correcto. Incluso habría pasado por ser un ferviente defensor de la justicia social, un ejemplo para el progresismo y la protección de las minorías. Humanista 2.0, caballero andante de los tiempos modernos, contradecirlo era oponerse a la solidaridad, a los oprimidos, a la moral y a la paz social.

Al ver llegar el plato principal, «Bogavante azul, homenaje a mi padre», Hélias casi se desmaya. Margaritas para los cerdos, pensaba con cada bocado.

Asqueada ante tanta hipocresía, Nora no soportaba asistir ni un minuto más a aquella pantomima. Encarnando en su traje sastre ceñido a una Florence Henau a la vez altiva y afable, le quitó la palabra a Simon con tacto. No se la devolvió en toda la cena.

Los camareros, uno por cada dos comensales, se llevaron el plato de Hélias, terminado a costa de una arcada contenida *in extremis*, y le dejaron delante un «Perfecto flan al caramelo, con su helado de lechuga de mar». La puntilla. Habría sido incapaz de repetir una sola frase de la conversación, que oía distraídamente. Solo se hacía una pregunta: ¿conseguiría aislar el olor de Vilmet obviando el del pescado, que ya debía de rezumar por todos los poros de la piel del influencer?

Cuando la conversación se volvió más técnica, Nora cedió la palabra a las gemelas. Apasionadas y expertas, las dos chicas resumieron el principio del próximo juego en desarrollo, que en realidad solo existía en sus fértiles cerebros. Seguramente, algunos detalles habrían hecho torcer el gesto a un profesional del sector, pero las explicaciones de las hermanas bastaban y sobraban para convencer a Simon y su agente. Y la autoridad del lugar se encargaba de difuminar las imperfecciones. En el restaurante reinaba un ambiente confidencial. Todo, desde las arañas de cristal hasta las columnas modernas, parecía susurrar: «Aquí se toman decisiones que impactan en la vida de millones de personas».

Nora volvió a coger las riendas. El equipo de Gametech preparaba un ambicioso plan de comunicación para el lanzamiento del juego, que incluía la participación de numerosas celebridades más o menos influyentes. Se trataba de modelizar sus rostros para integrarlos en el universo del juego como PNJ, «personajes no jugadores». La campaña perseguía la diversión y la sorpresa del jugador cuando encontrara a su influencer favorito mientras realizaba una tarea. El perfil de Vilmet había despertado interés en el departamento de marketing, porque la comunidad «cripto» de Simon constituía un segmento de compradores potenciales. A Vilmet le encantó la idea. En cuanto a su agente, le interesaba más la contrapartida económica. Nora le tendió un papel.

Al leer la cantidad escrita, la cara del agente adoptó una expresión satisfecha. Para tratarse de una colaboración tan sencilla, era una suma considerable. ¿Era una oferta demasiado generosa? ¿Y qué?, se dijo Nora, si no iban a pagarla.

—Si están de acuerdo, podríamos planificar un próximo encuentro para modelizar del rostro de Simon y, de paso, firmar el contrato.

—¿En qué consiste la modelización? —preguntó el agente.

—Le pondremos un casco a Simon y los sensores le escanearán la cabeza. Es un proceso totalmente inofensivo y, sobre todo, no invasivo. En menos de quince minutos estará hecho.

—Si mi cara puede ayudarles a vender más juegos, yo encantado.

Todo el mundo se obligó a reír, y Simon ahogó una tos. Nora y el agente se estrecharon la mano para sellar el trato. Eran alrededor de las once, y Florence Henau decretó que ya habían trabajado bastante. Ahora estaban invitados al sótano. La segunda fase de la velada podía empezar.

25

Música ensordecedora, atmósfera húmeda y sala abarrotada: todos los ingredientes necesarios para que claustrofóbicos y agorafóbicos pasaran la peor noche posible.

El sótano de Le Domestique estaba en las antípodas de los pisos superiores. Allí abajo, el sexo, la ketamina y el incumplimiento de la normativa sobre el ruido campaban a sus anchas. Cuando se conocía la reputación de Florence Henau, una invitación a acabar la noche en aquel sitio, aunque curiosa, no era en absoluto insólita. En las decenas de artículos falsos disponibles en internet, el equipo de Steve había insistido en la afición de Florence a las fiestas *underground*. Al principio, Vilmet se había mostrado un poco reacio a continuar la cita profesional en un club, pero la insistencia de su agente lo había llevado a capitular. Una reticencia debida quizá a su miedo a revelar su otro yo. Justo el que Nora intentaba sacar a la luz a toda costa.

Un camarero con la camisa desabotonada y unos dientes blanquísimos había acompañado al grupo a una mesa estupenda. Desde un palco independiente dominaban la pista de baile. La fiesta estaba en pleno apogeo. Los cuerpos se rozaban al ritmo del bajo, se enlazaban cuando llegaba el *build-up* y se separaban en el *drop*. La historia completa de una pareja cabía en una canción de discoteca.

Vilmet había bebido, había bebido mucho. Como todo el grupo. Para tratarse de una reunión de negocios, el ambiente era más que festivo. Ninguna de las personas sentadas alrededor de la mesa había visto aún el fondo de su vaso. A Hélias le bastó una mirada para constatar que el influencer no se encontraba bien. Las toses habían dado paso a los eructos, cada vez más fuertes. Incluso lo vio contener un reflujo.

—Tengo la sensación de que a nuestro hombre le cuesta digerir el bogavante —le susurró a Nora.

La joven sonrió y pidió otra ronda. Para Simon fue la copa definitiva, al parecer, porque apenas le dio un sorbo se levantó del banco corrido, se quitó la chaqueta y se dirigió a la pista. Su agente lo agarró del brazo.

—Si no quieres perder diez mil pavos, te aconsejo que seas discreto.

Por toda respuesta, Simon alzó los brazos en el aire, berreó como un *hooligan* y se unió a la muchedumbre. Como hasta ese momento no había sido posible acercarse lo suficiente al influencer para identificar su olor, Nora, viendo que aquella era la ocasión perfecta, ordenó a Hélias que lo siguiera y no se despegara de él.

Poco después, mientras Vilmet se contorsionaba en la pista de baile, una voluptuosa rubia se acercó a él. Le sacaba media cabeza. Hélias la contempló unos instantes: era la definición misma de una fantasía adolescente. Incluso se había dibujado un lunar muy mono junto a la boca. Sus ojos almendrados parecían rebotar en sus pómulos y sus pechos eran una ofensa a la castidad. En su vestido ceñido, rozó varias veces a Simon antes de colocarse frente a él. Con un gesto brusco, el influencer la hizo volverse y pegó la pelvis a sus nalgas. Vilmet no parecía de los que se prosternan ante lo sublime. La desconocida, sorprendida al principio, se dejó llevar. El aire estaba saturado de efluvios corporales y etílicos. En la oscuridad, los focos horadaban la pista. Simon bailoteaba a la buena de Dios, al compás de su excitación más que al de la música.

—Pero ¡qué buena estás, joder! —gritó de pronto.

La rubia no se inmutó. O no oía debido al ruido o no hablaba francés, lo que era bastante probable en sitios como aquel, cuyos dueños traían chicas de países del Este para satisfacer a determinados clientes ricos. De espaldas a un Simon extático, se contoneaba contra su pubis. Hélias no podía apartar los ojos de ellos. Todo aquel cortejo bestial le parecía lejano y extraño. Era su primera visita a un club, pero, aunque no estaba al tanto de la etiqueta, le parecía que Vilmet debería haberse puesto unos vaqueros menos ajustados. Desde donde se encontraba, podía ver el bulto de su entrepierna. Como si le trajera sin cuidado, la rubia seguía agitándose contra él. Simon posó las manos en sus caderas. Ella las aceptó. Él las deslizó hasta juntarlas a la altura de su bajo vientre. La rubia se limitó a alzar los brazos en el aire y balancear la cabeza a derecha e izquierda. La melena le azotaba el rostro. Hélias estuvo a punto de atragantarse con el vodka con naranja. Por detrás, Vilmet empezó a subirle el vestido a la chica. Con las bragas a la vista de todos, ella giró sobre los talones e intentó rechazarlo. De pronto, el influencer la agarró del antebrazo, se lo retorció y la atrajo hacia él. Con un grito, ahogado por el enésimo *drop*, la chica cedió. Con la mandíbula apretada y el ceño fruncido, Vilmet le ofreció su mejor rictus de depredador. Cuando ella intentó soltarse, Simon la apretó aún más fuerte contra él. Debatirse solo servía para estrechar el abrazo.

Sin pensarlo, Hélias se lanzó hacia ellos. Cuatro zancadas después, llegaba a toda velocidad al lado de Vilmet. Pero, en vez de frenar, el aprendiz de olfato aceleró. Su hombro embistió el de Simon. Sorprendido por el golpe, el influencer soltó a su presa, que aprovechó para desaparecer en el tumulto de la pista de baile.

Sin mirar atrás, Hélias avanzó entre la gente empujando cuerpos a su paso. Su ritmo aumentó y su corazón se aceleró. Tenía una certeza, y no necesitaba volverse para confirmarla. Vilmet le pisaba los talones. ¿Regresar con Nora y el resto del grupo? Estaban demasiado lejos. No, los lavabos, allí, a la derecha. Si torcía en el último momento, podía darle esquinazo a su perseguidor. Cuando entró, una mezcla de olores a orina, vómito, lejía y alcohol le inundó las fosas nasales. Ni los clubes más selectos podían luchar contra aquel cóctel nauseabundo, sobre todo al final de la noche. A un lado, dos tipos trajeados esnifaban cocaína sobre la carcasa metálica de un secamanos Dyson. Su presencia lo tranquilizó. Unos testigos, por colocados que estuvieran, impedirían que Vilmet la emprendiera a golpes con él. Al menos, eso esperaba. Se acercó a un urinario y presentó su intimidad a la porcelana blanca. Simon entró a su vez. Un escalofrío recorrió la espalda de Hélias. Aunque había varios inodoros libres, el influencer se colocó en el que estaba justo al lado del suyo. Se bajó la bragueta y regó el suelo. Las salpicaduras mojaron los zapatos de Hélias.

—Por lo visto tenías muchas ganas de mear. Ni siquiera te has dado cuenta de que me has dislocado el hombro al pasar.

—Perdón.

Hélias pulsó el botón de la cisterna. El agua se deslizó como una cortina por la cerámica.

—No te disculpes. Disculparse es de débiles.

Simon se subió la bragueta, posó en él una mirada febril e inició un monólogo grandilocuente sobre la necesidad de imponerse para triunfar en este mundo. Según él, todas las relaciones humanas se resumían en comer o ser comido. Habló de la jerarquía dentro de las manadas de lobos, la teoría de la evolución, los beneficios de los deportes de combate sobre la confianza en uno mismo y otros dos o tres conceptos machistas que no venían a cuento. Era justo lo contrario del cuidadoso discurso que había soltado en la mesa hacía un rato. Estaba claro que su personaje no había resistido las cantidades de alcohol trasegadas. Cuando concluyó, destrozando una cita de Nietzsche, Hélias alzó los ojos al cielo.

—Y tus desvaríos sobre las relaciones de fuerza, ¿justifican que agredas a las mujeres? —respondió sintiendo que la cólera crecía en su interior.

Vilmet alzó el puño hacia su cara, pero acabó dejándolo caer. Hélias había dado un paso atrás. Riendo, el influencer sacó el móvil, agarró al chico de la pechera, lo atrajo hacia él y le hizo una foto. Hélias no consiguió volver la cara a tiempo.

—No se habla lo bastante de la verdadera ventaja de ser influencer. Están el dinero y las chicas, por supuesto, las cosas gratis, la fama... Pero hay algo mejor. ¿Sabes qué?

—Borra esa foto.

—¡Cierra el pico, estoy hablando yo! —farfulló Simon sacudiéndolo—. La voz. La nuestra llega, ¿sabes? Mucho más lejos que la de pringados como tú. Por ejemplo, si tienes un problema con una marca, basta con explicarlo en tu red social para que se arregle en un santiamén. A vosotros, los perdedores, apenas se dignan responderos. Y solo para deciros que os den. A nosotros nos escuchan. Mira, otro ejemplo. Si mañana decidiera señalar a alguien con el dedo porque estoy convencido de que es un pedófilo, no quiero ni imaginarme el infierno que le tocaría vivir. Aunque fuera mentira, cuando consiguiera demostrar que nunca ha tocado a un niño, ya lo habrían crucificado varias veces. No me gustaría estar en su lugar.

Simon lo soltó y lo empujó hacia atrás. Antes de irse, le dio una violenta palmada en el hombro, un gesto en absoluto amistoso.

Al fin solo, Hélias dejó que su respiración se acelerara. Pero el ataque fue pasajero. Su satisfacción por haber intervenido en la pista de baile y haber plantado cara mal que bien a aquel depredador se impuso rápidamente a la tensión del altercado. Y había otra cosa que contrarrestaba su angustia. Al cogerlo de la camisa y atraerlo hacia él, Vilmet le había permitido hacer abstracción del olor a pis, vómitos y una cena compuesta casi exclusivamente de pescado. Le había regalado su tufillo íntimo. Así que ahora el aprendiz de olfato estaba seguro: Simon no llevaba perfume.

El influencer regresó al palco, se sentó y siguió bebiendo con el resto del equipo. Hélias se unió a ellos poco después. El aprendiz de olfato sorprendió varias veces a Vilmet buscando con una mirada visiblemente irritada a la desconocida de la pista de baile. Hélias estaba satisfecho.

26

Con los oídos zumbándole, la ropa desaliñada y el pelo revuelto, Hélias se arrastró hasta la habitación que le habían asignado en el hotel reservado por el equipo no muy lejos de Le Domestique.

Cinco horas más tarde, un mensaje de Nora le pedía que se reuniera con ella en su planta. Cuando no podía dormir sus ocho horitas, Hélias padecía cada momento del día. Y lo que era peor, el cansancio multiplicaba sus angustias por diez. Recordaba una noche que pasó recogiendo con Alain el olor del bosque dormido para un paciente. Uno de los momentos más duros de su breve carrera. Con la falta de sueño y la oscuridad, le parecía moverse dentro de una pesadilla tenebrosa y febril poblada de monstruos que ululaban y peligros constantes. Su mentor, tan campante, estuvo toda la noche encorvado sobre el lecho de hojas, recogiendo las bellotas que lo cubrían. De hecho, unos días después, su ayudante descubrió la totalidad del botín en un cajón de la sucursal.

Haciendo de tripas corazón, Hélias consiguió levantarse, pero pasó varios minutos sentado en el borde de la cama, maldiciendo el mensaje de Nora. Encima, era domingo. Si decidía buscar, seguro que en el Código Laboral encontraba la ley que fijaba el periodo mínimo de descanso entre dos turnos de trabajo. La idea de hojear el Dalloz en busca del artículo lo divirtió.

Abrió la ventana y dejó entrar el aire fresco. Pero no tardó en tener náuseas. A fuerza de respirarlo, se había habituado al olor a puro que flotaba en la habitación. Era para preguntarse si aquello no habría sido en el pasado la guarida de Churchill, Schwarzenegger o algún comercial de la casa Habanos. Pese a todos sus esfuerzos, el hotel, que sin embargo era de alto standing, no había conseguido eliminar la mancha olfativa dejada por el anterior ocupante. El humo acre y rancio del tabaco había impregnado todos los elementos de la decoración, desde la moqueta hasta las sábanas, pasando por las cortinas. Allí aquella peste estaba en su casa; los clientes solo eran vulgares invitados.

Hélias se puso unos calzoncillos, que esperaba estuvieran limpios, y el pantalón de la víspera, y con el torso desnudo se dirigió al cuarto de baño. La pereza hizo que se limitara a lavarse la cara y atusarse el pelo en el lavabo. Dibujó una línea de desodorante de bola sobre la del día anterior, se cepilló los dientes y cogió una camiseta negra de manga corta. Toda su ropa olía como la sala de fumadores de un aeropuerto. Qué se le iba a hacer. Calculó que podía echarse otros siete minutos sin que nadie se diera cuenta. Robarle unos segundos preciosos a Nora era una especie de venganza, si no satisfactoria, al menos necesaria. Cuando acababa de programar el despertador del móvil, recibió otro mensaje: «Habitación 401».

Era la primera vez que ponía los pies en una suite, y al instante se sintió como un cuerpo extraño: salón con balcón, vestidor, comedor, bar, y baño y lavabo separados. La habitación más grande se había convertido en cuartel general. Sentadas a cada lado de una mesa de nogal, las gemelas tecleaban en sus ordenadores y proporcionaban información a una Nora gesticulante. El tiempo apremiaba. La mano derecha de Cornélia sabía que no podría seguir movilizando tantos recursos sin que le pidieran explicaciones. Ni su función ni su competencia la protegerían eternamente. Acabaría por tener que rendir cuentas. En el fondo del salón, el ambiente era muy distinto. Hélias miró con envidia al conductor de la furgoneta, repantigado en un sillón de voluptuosas curvas, medio dormido.

—Genial. Abbad nos ha enviado la referencia del perfume de Audrey —anunció una de las gemelas.

Nora se volvió hacia el chófer. Adelantándose a la inminente orden, el hombre se había puesto en pie.

—Las chicas te mandarán un mensaje con la foto del frasco. Ve a comprarme uno a una perfumería, ¿quieres?

Antes de que acabara la frase, el conductor estaba en la puerta. Hélias miró el sillón vacío con esperanza, pero Nora, interponiéndose entre él y el objeto de su deseo, le señaló un asiento más a propósito para conversar. Ni siquiera el café del servicio de habitaciones que le tendió a continuación consiguió consolarlo.

—Tu informe —le pidió Nora recogiéndose el pelo en un moño.

—Poca cosa. Quizá un efluvio de nuez de coco o de palosanto. Estuve lo bastante cerca de Vilmet para asegurarme de que no llevaba perfume.

—Qué incordio...

—¿Grave? —preguntó Hélias meneándose en el incómodo asiento.

—Sí y no. Sí, porque nos habría venido de perlas, y no, porque ya lo tenía previsto.

La estela olfativa de una persona está formada por dos emanaciones: la natural y la artificial. Hélias había tenido que ocuparse de la artificial, pero Nora le confió que, en paralelo, le había encargado recoger la natural a una segunda persona. Orgullosa de su previsión, no pudo ocultar su satisfacción. Incluso le lanzó su primer guiño cómplice a Hélias, que se ruborizó y olvidó sus preguntas sobre «el olor natural de Simon».

Oír aquel nombre le hizo pensar de nuevo en el incidente de la noche anterior. El cansancio y el olvido son como padre e hijo. Tenía que contárselo a Nora. Decirle lo que había visto. Aquel tipo era un depredador y —hecho lo bastante inhabitual para mencionarlo— le inspiraba una profunda animadversión. Cuando estaba a punto de revelarle a Nora lo que había presenciado, otro guardia de seguridad entró en el salón sosteniendo una cajita transparente. Con la cabeza baja y los hombros encogidos, avanzó hasta el centro de la habitación.

—Lo siento, Nora.

—Dime que es una broma.

—La chica se ha asustado. Demasiado violento.

—¡Maldita sea! Págale. El doble. Y mándale a él un mensaje de disculpa.

El hombre asintió, dejó la cajita en la mesa y abandonó el salón.

Nora cerró los ojos y se masajeó las sienes. Soltó un bufido. Solo unos segundos antes, celebraba su jugada por adelantado. Ahora, el tablero se había volcado y había que recoger las piezas, desparramadas por el suelo. No advirtió el intercambio de miradas de preocupación entre los miembros de su equipo. Hay que decir que, desde que había empezado aquella misión, Nora Olsson ya no les parecía la misma. Pero la opinión de sus colaboradores la traía sin cuidado.

Hélias, intrigado, cogió la cajita y se acercó a ella.

—¿Qué es?

—¡Joder! ¿No te das cuenta de que no es la hora de la lección?

Nora cogió su móvil, que había dejado en un velador, y salió a su vez.

Herido, cansado, Hélias sentía crecer el ataque de ansiedad en su interior. ¿Y su ficha? ¿Dónde la había metido? Puede que se la hubiera dejado en la habitación. Tenía que bajar a buscarla. Una mano se posó en su hombro. Una de las gemelas, a saber cuál, le cogió la cajita de la mano y, con suavidad, le explicó que era un kit de captación de olor corporal. Se utilizaba para recoger la signatura íntima de la gente. La cajita tenía varios compartimentos, cada uno de los cuales contenía una compresa empapada en un ungüento para la toma de muestras. Bastaba con aplicar las compresas en zonas específicas durante unos minutos: las axilas, el sexo, el cuello, el pelo, los pies... Una vez impregnadas de las emanaciones, se guardaban en bolsas selladas, que se enviaban al laboratorio para la reconstrucción bajo CO_2 supercrítico. Así era como se conseguía el olor personal de alguien.

—Supongo que esta cajita era para Simon. Pero ¿quién tenía que encargarse?

La gemela que seguía sentada volvió su ordenador hacia él. Hélias comprendió. La pantalla mostraba a la chica de la discoteca. Una escort cuyo cometido era irse a casa con Vilmet y utilizar el kit con él. Con la cantidad de alcohol que le había hecho beber Nora, el Simon de la noche anterior habría estado demasiado borracho para enterarse de nada.

Hélias empezaba a vislumbrar los medios colosales que poseía Fragrancia. Concienzuda, determinada, tentacular, la empresa se le mostraba bajo una luz nueva. Las leyes existían, pero estaba claro que no le afectaban. Sin embargo, lejos de indignarse ante esa confianza en su total impunidad, Hélias sentía fascinación por Fragrancia. Como una presa petrificada ante la siniestra ondulación de una cobra. Sus reservas morales se paralizaban una tras otra. ¿Hasta dónde era capaz de llegar su empresa en el atropello de la ética y el desprecio de las normas?

Tuvo la respuesta antes de lo que esperaba, cuando Nora regresó al salón.

—Acabo de avisar por teléfono a la descifradora. No tenemos elección. Preparad el allanamiento.

—¿Allanamiento?

Hélias se arrepintió al instante de haber hecho una nueva pregunta, pero esta vez Nora se dignó contestarle:

—Tenemos que entrar en casa de Simon Vilmet.

27

En 2012, el CERN anunciaba el descubrimiento del bosón de Higgs, el Costa Concordia naufragaba frente al litoral toscano, Kate Middleton aparecía con los pechos al aire en una revista de cotilleo y los equipos de Fragrancia inventaban una técnica de electroencefalografía olfativa revolucionaria. Tres años antes, Cornélia había encomendado una tarea confidencial a unos científicos: comprender el funcionamiento exacto de la sustancia volátil memorial. Durante meses, radiólogos, médicos, neurocientíficos e investigadores estudiaron los cerebros de decenas de pacientes expuestos al psicotrópico. Aparte de un presupuesto ilimitado, Cornélia puso a su disposición un laboratorio equipado con una cámara TEP, escáneres de rayos X, aparatos de IRM y otros dispositivos de imagenología con nombres tan complicados como su funcionamiento. El tiempo y el dinero son a los científicos lo que el sol y el agua a las plantas. Y aquellos habían recibido tanto de ambas cosas que sus investigaciones progresaron más allá de sus esperanzas.

De espaldas a los Premios Nobel y el agradecimiento eterno, habían logrado asombrosos avances en materia de olfacción. Su primer gran éxito fue la localización de las zonas cerebrales responsables de la percepción mental de los olores, de la memoria olfativa y de las emociones que se derivaban de ellas. Por sí solos, esos avances habrían podido revolucionar las neurociencias actuales. Por desgracia, la comunidad científica mundial jamás podría estudiar esos trabajos. ¿El motivo? La política de confidencialidad. En apenas unos meses, gracias a la observación de la distribución espacial de la actividad en el sistema límbico, habían podido cartografiar las experiencias olfativas individuales. Ese logro permitió a los equipos crear un repertorio de imágenes del córtex humano en el que cada fotografía estaba asociada a una sensación. De ese modo habían descubierto que, pese a la singularidad de la experiencia de cada individuo, la respuesta emocional del cerebro bajo los efectos de la SVM era universal. El psicotrópico superaba todas sus expectativas. La observación por IRM de un olor sin sustancia volátil memorial proporcionaba a los científicos imágenes nebulosas y difíciles de interpretar. Pero, con la ayuda de aquel extraordinario catalizador, cada fotografía cerebral de un tratamiento de olor poseía una legibilidad asombrosa.

Una vez perfeccionado el método, los investigadores se mostraron capaces de decir exactamente qué sentía un individuo observando su actividad mental durante una sesión de olfacción memorial. Alegría, tristeza, melancolía, cólera, rencor, vergüenza, nostalgia, excitación, incomprensión... Lo veían todo, lo interpretaban todo, lo deducían todo. Cornélia y sus científicos habían aprendido a decodificar las emociones en los pensamientos de la gente.

No hizo falta mucho tiempo para calibrar la importancia de semejante descubrimiento. Ese mismo año, Fragrancia creó un departamento dedicado a la lectura emocional cognitiva. Bastaron diez para que aquella rama hiciera entrar a la empresa en una nueva era: la de la colaboración con la policía. En enero de 2014, un descifrador, nombre dado a los científicos capaces de leer las emociones de los pacientes en un electroencefalograma, fue asignado por primera vez a una investigación. Mientras el principal sospechoso se sometía a una batería de preguntas sobre su implicación en el asesinato de un adolescente, el descifrador lo expuso al olor de la víctima mezclado con la SVM. Al demostrar que el interrogado había sentido un enorme placer al percibir el olor, los investigadores pudieron concluir fácilmente que tenían a su hombre. Había nacido la expresión «interrogatorio olfativo».

* * *

—Aumenta el acetato de isoamilo.

—Vamos allá.

En el depósito del laboratorio situado en el segundo nivel de una de las dependencias del centro, dos ayudantes de descifrador se afanaban alrededor de un cobaya. Las estanterías, llenas a rebosar de máquinas sofisticadas, creaban un ambiente claustrofóbico. Una especie de celda de tecnología en la que los ladrillos de las paredes habían sido sustituidos por osciladores, balanzas de precisión y otros multímetros. La descifradora jefa les había pedido que acudieran ese domingo para realizar el mantenimiento del material. A ellos no les había importado, puesto que estarían juntos. Inseparables, empezaron siendo compañeros de trabajo, poco después, de piso y, por fin, amigos. Durante su relación, incluso habían compartido novia. Lo que debería haberlos dividido y enemistado para siempre había provocado justo lo contrario. A raíz de ese engaño, uno de ellos había admitido que prefería al sexo masculino. No por culpa de la chica, por supuesto. Nunca es por culpa de alguien, ni gracias a alguien, de hecho.

El ayudante le entregó el nebulizador cargado con acetato de isoamilo al sujeto que había aceptado someterse al test para verificar los equipos. El hombre lo puso en marcha y aspiró los efluvios que escapaban de él.

Se oían pequeños bips por toda la sala. Parecía que estuvieran en una mala imitación de la serie *Star Trek*. Aunque, en medio de aquel concentrado de emociones, al personaje principal, Spock, que se esforzaba por todos los medios en refrenar las suyas, le habría dado un síncope. En uno de los monitores aparecía en tiempo real un corte transversal del cerebro del cobaya. Decenas de colores irisados variaban en función de su actividad cerebral. Cada diez segundos, un programa informático hacía capturas de pantalla y las guardaba en una biblioteca electrónica. Los técnicos las tratarían más tarde.

El sujeto, sumido en el trance característico de la SVM, tenía la cabeza cubierta con un dispositivo de electrodos. Los cables que unían al terminal cada una de las piezas de plástico gris aplicadas a su cráneo formaban una especie de cabellera robótica. Recorrido por espasmos y con los ojos en blanco, se agarraba con fuerza a los brazos del asiento. Lo habían elegido por su receptividad al psicotrópico. Para las sesiones de calibrado, era preferible una sensibilidad aguda. La fragilidad del material exigía un mantenimiento mensual. Naturalmente, les correspondía a los ayudantes.

—Fíjate en la actividad de su sistema límbico...

—¡Oh, no! ¡Es hilarante!

Los dos colegas esperaron a que el hombre desenmascarado abandonara la inmersión. Cuanto más contenían la risa, más parecían estirarse los minutos. De tanto aguantársela, a uno de los dos se le habían hinchado las venas de la frente, que lo delataban. Tuvo que ir a esconderse a un rincón, descalificado. Así que el otro tomó las riendas. Le dio las gracias al cobaya, le tendió un bono para una sesión de olfacción memorial, la contrapartida que había impulsado al pobre diablo a prestarse al experimento, y lo acompañó a la salida. Cuando se quedaron solos, los dos ayudantes soltaron la carcajada. Seguramente, el cobaya podía oírlos desde el pasillo, pero les daba igual.

Durante una verificación del material, la sesión se reducía a ofrecer al sujeto olores habituales para que recordara anécdotas triviales. Vainilla, chocolate, brioche... Olores sencillos e inocentes. Esa vez habían elegido el plátano, un clásico de la merienda de los niños.

—Casi reviento.

—Pero no con un plátano, por Dios.

La pantalla conectada al electroencefalógrafo —que, dicho sea de paso, funcionaba de maravilla— no había mostrado el inofensivo placer de un desayuno o un merecido tentempié, que suele asociarse con esa fruta. Por el contrario, los ayudantes habían detectado agitación, estimulación, febrilidad, excitación, apuro e incluso vergüenza. En la pantalla, habían visto sus pensamientos más profundos. Volvieron a reír como locos. La descifradora entró en la sala.

—Bueno, chicos, ya está bien...

—Perdón. ¿Dónde se había metido? —preguntó uno de los ayudantes secándose las lágrimas.

—Tenía a Nora al teléfono. No ha funcionado, pasan al plan B.

—La Olsson no se corta...

La noticia les quitó las ganas de reír. Un olor de entorno en sustitución del olor personal solo quería decir una cosa: iban a tener el doble de trabajo.

28

—Han surgido contratiempos, que trate de intimidarme no cambiará nada. Así que tenga paciencia y déjeme trabajar.

Nora colgó y se alumbró con la linterna del móvil para meter la llave en la cerradura de casa. Desde que había dejado el hotel, entre las fugas de SVM, la reestructuración, que avanzaba a grandes zancadas, los tropiezos con la misión y, ahora, Abbad repitiendo sus amenazas, a Nora le llovían los problemas. Y en el horizonte no asomaba ninguna perspectiva de tregua.

Se dejó caer en el sofá. Un violento dolor le retorció el vientre. Un episodio disociativo más tarde, Nora había vuelto a enderezar el cuerpo. Su cerebro, desorientado, le suplicaba que le diera lo que necesitaba. Se levantó y, en uno de los armarios, casi vacíos, encontró una botella de vodka empezada. Recuerdo de una velada Tinder. En un vaso de mostaza, se sirvió una buena dosis y se la bebió de un trago. Asqueroso. Se echó otro chorro. Peor aún. De todas formas, ¿qué más daba la cantidad? Aquella intoxicación no sería suficiente, lo sabía. Ya no podía más. Demasiado estrés, demasiados frentes abiertos. Se sirvió el último vodka, pero no se lo bebió. Una tentación se había apoderado de su mente, aturdida por el cansancio y el alcohol. Un año, cuatro meses y veintitrés días sin flaquear. Un récord a punto de derrumbarse. Fue al cuarto de la lavadora, se subió a una silla, apartó un paquete de detergente y cogió una lata. La agitó. Quedaba bastante SVM de contrabando para colocarse una docena de veces.

Nora se llevó la lata a la cocina y la dejó junto a la botella de vodka.

—Joder, no pienso volver a caer —se advirtió a sí misma en voz alta.

Cogió la lata y la destapó. En ese momento, cualquier excusa parecía buena para acercar la nariz. Un fuerte olor a disolvente empezó a extenderse por la cocina. Con la palma de la mano, volvió a hundir la tapa del recipiente. Una ligera euforia se apoderó de ella. Habría bastado con acercarse la abertura a la cara y oler el contenido de una vez por todas. Una inspiración, y despegaría. Las ganas, intangibles al principio, se volvieron físicamente visibles. Su espalda se tensó, sus dedos se crisparon y sus pupilas se dilataron. Sin darse cuenta, Nora empezó a contraer la mandíbula haciendo chirriar los dientes. Se acercó la lata a la nariz.

Llamaron a la puerta. Entrecerró los ojos. Llamaron de nuevo, más fuerte. Reaccionó. Mientras avanzaba a grandes zancadas hacia la entrada, se preguntó quién la incordiaba a esa hora.

—Hola, Nora. Como no cogías el teléfono...

Le cerró la puerta en las narices. Su ligue había tenido la desfachatez de presentarse en su casa sin invitación.

—Qué gilipollas... —gruñó dando media vuelta, pero se detuvo a mitad de camino.

Pero ¿qué iba a hacer? ¿Realmente valía la pena? Dio un paso atrás y, después, otro. No, tenía que huir, enseguida. Alejarse todo lo posible de aquella cocina. Si volvía, se abalanzaría sobre la sustancia y se colocaría hasta el éxtasis. Esa idea le dio más ganas de hacerlo. No. Había que largarse. Dio media vuelta.

—Sabía que abrirías —dijo su cita, que por alguna razón seguía esperando ante la puerta.

—Voy a correr. Si quieres, puedes seguirme.

Regresaron dos horas después, sudorosos y exhaustos. El tipo, que había corrido en vaqueros, no se atrevía a quejarse de sus muslos en carne viva. Con cada roce, aspiraba aire entre los dientes apretados. Su actitud divirtió a Nora. Se fumaron un cigarrillo en la escalera, hicieron el amor bajo la ducha, se secaron, volvieron a hacer el amor en el dormitorio y se fumaron un último cigarrillo.

Justo antes de irse a dormir, Nora colocó la lata de SVM en su sitio. Se había tranquilizado. El vodka, la carrera, el cigarrillo y el sexo habían puesto fin a sus pulsiones autodestructivas. Se felicitó. Prestó atención y oyó al tipo roncando. Otro que tal baila, se dijo sonriendo. Desnuda en la cocina, veía el futuro inmediato con más claridad. Por un momento, su mente vagabunda se detuvo en Hélias. Estaría en su habitación, en el alojamiento común en desuso de Fragrancia. Había sido dura con él. Demasiado. Era competente, buena persona e inocente a más no poder. Para su sorpresa, cada vez lo apreciaba más. Aunque tuviera que deshacerse de él en cuestión de días, hasta entonces se merecía que lo tratara mejor. El último vaso de vodka seguía en la encimera. Lo cogió y se lo bebió de un trago. El líquido transparente la dejó KO. Un minuto después, sus ronquidos se habían unido a los de su amante.

29

Desde la primera toma de contacto, un agente de Fragrancia vigilaba las idas y venidas del influencer. A la mañana siguiente, le envió a Nora el siguiente mensaje: «Hoy. 21 horas». Durante el seguimiento había advertido que, en la agenda de Vilmet, tan confusa como imprevisible, el footing del lunes por la tarde parecía ser un ritual de cumplimiento obligado. El *timing* era un poco precipitado, pero Nora no estaba dispuesta a esperar más tiempo. Para recobrar su paz mental tenía que liquidar aquel asunto cuanto antes. A las 20.53 el equipo de intervención, reconocible por el mono negro y el semblante siempre serio de sus miembros, llegó ante la casa de Simon, listo para actuar. Era casi un milagro que Nora hubiera conseguido movilizarlos en tan poco tiempo. Aquella fuerza operativa estaba muy solicitada. Infiltrarse, rescatar, borrar, a veces amenazar: otras tantas actividades frecuentes para una empresa preocupada por mantener en secreto su existencia. Al lado de ellos, Hélias parecía una patata frita entre patatas enteras, pero Nora había preferido que los acompañara. Era el único que había evaluado olfativamente a Simon y, por tanto, podría confirmar o invalidar sus hipótesis. Además, su implicación en la tarea había acabado enterneciendo a la joven, que casi se sentía culpable por tener que despedirlo ese miércoles. Hélias se había colado enterito en la brecha abierta por la conmiseración.

* * *

En cuanto salió, Vilmet puso en marcha el cronómetro de su reloj inteligente y echó a correr por la calzada con zancadas cortas. Tras los cristales tintados de una furgoneta con los rótulos de una empresa de reparto, los agentes de Fragrancia, que observaban la escena, lo siguieron con la mirada hasta que desapareció en la primera curva.

Nora asintió con la cabeza, y el equipo de intervención bajó del vehículo. Perfectamente entrenados, limitaban al máximo la comunicación verbal. Los gestos reemplazaban a las palabras. La mayor parte de sus quironimias eran privativas de su grupo. En algunas lenguas de signos oficiales, seguramente se insultaban.

Fuera, el sol había bajado la persiana. La casa del objetivo, moderna y cúbica, se había construido hacía poco a las afueras de Verrières-le-Buisson. Era un barrio poco edificado. Solo un puñado de viviendas había crecido aquí y allí. Esa configuración solucionaba el problema de los testigos, pero no satisfacía a Nora. Una furgoneta de Chronopost aparcada en mitad de la nada resultaba sospechosa.

El primer tándem cruzó la verja, atravesó el jardín y se apostó ante la puerta de la casa. Mientras uno de los hombres vigilaba, el otro se agachó, introdujo una lima de tensión en la cerradura y metió un gancho improvisado entre la hoja y el marco. Accionó las levas y, en unos segundos, la puerta cedió. Nora se había asegurado, a través de las gemelas, de que no había sistema de alarma, así que entraron en la casa con total confianza.

Todos tenemos una signatura olfativa propia. Nuestra piel, nuestro cuero cabelludo, nuestro aliento, nuestro sudor, nuestros pies son otros tantos elementos odoríferos que intervienen en su composición. Intentar borrarla es un juego al que jugamos desde hace milenios. Pero, en el mejor de los casos, solo conseguimos disimularla. Nadie puede deshacerse de su olor: oler es nuestra condena. Incluso sin recurrir al perfume con alcohol, el camuflaje supremo, Simon Vilmet manipulaba su olor mediante una higiene meticulosa y un entorno fragante. Ya fuesen fuertes, como el detergente, o suaves, como la vela aromática que encendía para combatir el tufo de una hamburguesa, su hábitat estaba lleno de estelas olfativas. Que no usara Nuée Bleue de VIOLET solo daba más trabajo a Fragrancia.

—Tenéis treinta minutos.

La voz de Nora resonó en los pinganillos. El objetivo era sencillo: identificar todas las fuentes olorosas y tomar muestras. Velas, jabones, saquitos de olor, desodorantes, champús, detergentes, productos de limpieza... No había que olvidar nada. Con grandes aspavientos, los miembros del equipo se repartieron las habitaciones. Dos subieron al primer piso, otros dos se quedaron en la planta baja y el último cargó con el cuarto de baño. Habían traído con ellos dos aparatos de *headspace*. Los harían funcionar por toda la vivienda para analizar, extraer y, más tarde, copiar en el laboratorio el máximo de fuentes olorosas del entorno diario de Vilmet. Dado que el influencer no usaba perfume y que el intento de recoger su olor personal por parte de la escort había fracasado, no había otra solución que la atmósfera de su domicilio.

* * *

Nora y Hélias esperaban en el habitáculo de la furgoneta, nerviosos. Todo parecía ir según lo previsto, cuando un chisporroteo en los oídos de la joven anunció que alguien se disponía a hablar.

—Tenemos un problema.

Nora ya no soportaba oír esa frase. Sobre todo, susurrada por un tipo cuyo trabajo era solucionarlos. Al entrar en el cuarto de baño, el equipo se había llevado una desagradable sorpresa: estaba casi tan bien surtido como el Sephora de los Campos Elíseos. No era extraño en alguien cuyo trabajo conllevaba recibir decenas de productos cosméticos todas las semanas. Sin embargo, no lo habían previsto, y por supuesto no serían capaces de tomar muestras de todo. ¿Qué productos elegían? Nora se volvió hacia Hélias. La idea de recurrir de nuevo al chico le desagradaba, pero no había muchas más opciones.

—Vas a tener que ir.

—¿Quién, yo?

—Encuéntranos el rastro que localizaste en los lavabos la otra noche. Te quedan menos de veinte minutos.

—¿Y si entre la noche de la agresión y la de Le Domestique su olor cambió?

—Da igual. Su emanación del momento nos servirá. Determina qué producto domina olfativamente a los demás. Su inconsciente lo habrá asociado con su persona, sea cual sea el periodo.

Nora necesitaba aquel olor. De él dependía que el interrogatorio olfativo funcionara. Para tener éxito en ese delicado ejercicio se necesitaban tres ingredientes: el olor de la víctima, el del escenario del delito y el del sospechoso. Nora ya tenía los dos primeros y contaba con él para conseguir el último. Después de las instrucciones, le dio unos auriculares. Con ellos podría oír lo que le indicaran y, si era estrictamente necesario, hablar. Hélias, entusiasmado por la perspectiva de ser esencial para Fragrancia, cogió un pasamontañas que olía a *toum* libanés y entró en la casa. La idea de penetrar por la fuerza en un domicilio ajeno lo excitaba. El peligro constante al que lo exponía Fragrancia empezaba a electrizarlo.

La casa de Vilmet estaba decorada con sobriedad. En las paredes no había más adornos que unos carteles de películas enmarcados: *Pulp Fiction*, *Gladiator* y, naturalmente, *Joker*. Ninguna foto de la familia o los amigos. Nada delataba tanto la soltería, aparte, quizá, de la barra de dominadas fijada en la entrada. El mobiliario se reducía a lo imprescindible. La cocina, totalmente equipada, parecía instalada el día anterior. A Hélias no le habría extrañado ver surgir de un pasillo a un promotor inmobiliario seguido de una pareja joven a la que le explicaba que se habían construido otras veintisiete chabolas por el estilo. Olía a linóleo y a contrachapado multicapa. El olor aséptico de las habitaciones le recordaba las salas de exposición de Ikea.

Abandonó la planta baja y su embaldosado negro y subió al primer piso. Al verlo entrar en el baño, uno de los miembros del equipo de intervención, encantado de librarse de aquella tarea, le hizo un amago de abrazo y desapareció. Hélias se quedó solo frente a una montaña de cosméticos. Los había por todas partes, lo que chocaba con la asepsia del resto de la casa. Cuando se disponía a bajar de la furgoneta, Nora le había aconsejado que, antes de cambiar nada de sitio, hiciera fotos, así podría volver a dejarlo todo igual. El baño estaba sumido en la penumbra; tuvo que pulsar el interruptor de la luz para ver algo, pero un miembro del equipo se apresuró a apagar de nuevo y lo abroncó silenciosamente. Con ayuda de las manos, Hélias tuvo que explicarle que no podía hacer otra cosa. El flash de su móvil estaba roto desde la aventura en el sótano de Chartres. Su interlocutor se encogió de hombros y le tendió una linterna. Después de fotografiar la ducha a la italiana, Hélias destapó el primer frasco y cerró los ojos. Una respiración, una inspiración, y el vacío se hizo en él. Adiós al allanamiento, la furgoneta de Chronopost y la fuerza operativa. Solo quedaban los olores. Buscó el de Vilmet en su memoria olfativa. Estaba grabado allí, intacto, entero. Hélias sabía lo que tenía que encontrar. Abrió los ojos. La batida había empezado.

* * *

Nora solo podía basarse en sonidos para imaginar lo que ocurría dentro. El poco tiempo de preparación la había obligado a renunciar a un sistema de videovigilancia. La espera se le estaba haciendo eterna. Sus ojos saltaban de la casa a la calle. Vigilaba el horizonte, al acecho del menor movimiento. Fue así como vio perfilarse a lo lejos una figura renqueante. Respirando agitadamente, dejó pasar unos segundos. Cuando susurró «Se acerca», la advertencia resonó en los auriculares de todos los que estaban en la vivienda.

El equipo empleó un minuto en evacuarla. Protegidos por la oscuridad, sus miembros volvieron a la furgoneta sin contratiempos. Nora solo tardó unos segundos en darse cuenta de que Hélias no estaba entre ellos.

—Hélias, sal ahora mismo, está llegando.

—Ya casi estoy.

—¡Joder, Hélias! ¡Sal de inmediato!

—Ya te he dicho que casi estoy...

30

Había olido la mayoría de los geles de ducha y champús colocados en el estante de obra. Acordes ambarinos, rosados, algodonosos, almizclados... Había de todo, pero ninguno correspondía a la faceta de coco que había percibido en Le Domestique. ¿Dónde se escondía aquel olor, que parecía dominar a los demás? El que —esperaba Hélias— lo definía tanto para su entorno como para su propio inconsciente. Tenía que encontrarlo, el éxito del interrogatorio olfativo dependía de ello. El último frasco comprobado era el enésimo y limpio acorde *bodycare* blindado con musgos blancos. Hélias buscaba una nota cremosa, lechosa, pero todo lo que se llevaba a la nariz le recordaba más bien un vestuario deportivo. ¿Qué pasaría si no lo encontraba? ¿Vilmet se iría de rositas? ¿Y él? ¿Qué sería de él? Desde luego, después de un fracaso así, Nora no le permitiría convertirse en olfato. No tenía elección.

No le daba tiempo a volver a poner los envases en su sitio. Ahora los lanzaba a su alrededor sin más. El pasamontañas, que se había subido por encima de la nariz para facilitar la olfacción, le impedía ver. Aparte de apestar a ajo, la prenda rascaba.

Salió de la ducha y buscó en el resto del baño. Mirara donde mirase, veía más productos de higiene. De tanto oler, sus recuerdos se desdibujaban. ¿De verdad era coco? Porque quizá fuera palosanto... No, faltaban las notas de sándalo. ¿Podía tratarse de higo? Imposible, no era lo bastante afrutado. Todo se mezclaba en su mente. El olor se le escapaba. Pronto ya no percibiría nada. La saturación olfativa estaba a la vuelta de la esquina. Los receptores olfativos eran proteínas frágiles, y un esfuerzo demasiado grande en un espacio de tiempo demasiado corto solía provocar un cortocircuito del olfato. Aunque el entrenamiento le había proporcionado una resistencia superior a la del común de los mortales, Hélias seguía estando sometido a su autoridad. Corrió al lavabo y abrió el armario. Productos a tutiplén. Leches corporales, cremas hidratantes, limpiezas de cutis, bálsamos para después del afeitado, lociones tónicas, geles exfoliantes... La mayoría estaban empezados.

—No puede ponerse todo esto —masculló entre dientes—. Nadie tiene tanta piel.

Introdujo la mano para coger un champú que estaba en la parte de atrás. Al sacarlo, hizo caer una bolsita de farmacia. Un medicamento en una cajita roja y blanca cayó a sus pies, junto con una hoja de papel.

Le dio un puntapié a la caja, rotulada «Durinovil», y recogió el papel del suelo. Una receta de hacía un mes. ¿Qué esperaba? ¿Una respuesta manuscrita? «Me aplico el sérum de día Revilife. Me da ese olor peculiar. Es mi personalidad. Firmado: Simon Vilmet». La arrojó lejos y, sin mucha convicción, cogió una botella de gel para el cabello medio vacía. La desenroscó y se la llevó a la nariz. Los ojos se le desorbitaron. «Voyage des îles. Fijación titanio». Lo había encontrado.

La puerta de la calle se cerró de golpe. Hélias se quedó quieto. Con la atención concentrada en el pasillo, no se atrevía a respirar. Abajo se oía ruido. La adrenalina le aceleró la respiración. ¿Por qué no había pensado en el gel antes? El pelo es un soporte excelente para difundir un olor. ¡Qué idiota! Ahora estaba atrapado en la casa, con Vilmet. Se bajó el pasamontañas y se guardó la botella en un bolsillo. El influencer subió la escalera tosiendo y maldiciendo. Oyéndolo quejarse, Hélias comprendió que le dolía algo. Había llegado al primer piso. Ya no había escapatoria. En unos instantes, pasaría por delante del cuarto de baño y lo vería. Estaba atrapado. Su única baza era el elemento sorpresa. Tenía que jugarla.

Las ideas se atropellaban en su cabeza. Un hormigueo le recorría las mejillas. Dobló las piernas. En una postura similar a la del velocista que espera la salida de los cien metros lisos, alzó la cabeza hacia la puerta. Las sienes le latían. El pasamontañas le impedía respirar bien. ¡Dios, qué peste a ajo! «Habría podido ser peor, habría podido oler a incienso», se dijo. Esa idea le recordó las horas más espantosas de su juventud. Tenía dieciséis años, su abuela acababa de morir de un accidente cardiovascular. Le pidieron que dijera unas palabras en su entierro. Su familia no aceptó una negativa. Con miedo o sin él, tendría que coger el toro por los cuernos. Un consejo horrible para un hiperemotivo. Su abuela era católica, así que le organizaron una misa larga y triste. Para pronunciar su discurso, Hélias sustituyó al cura delante del atril. Mientras el incensario lanzaba cumulonimbos de humo, el monaguillo que lo manejaba tuvo la simpática idea de quedarse a su lado. Las volutas no tardaron en picarle en las fosas nasales, arañarle la garganta e irritarle los senos paranasales. Hélias empezó a llorar. Y ya no era solo por su abuela. El incienso, que giraba a su alrededor y había conseguido introducirse en su traje negro, ascendía hasta el cuello de su camisa para estrangularlo. Su sofocante olor, resinoso y alcanforado, sumado al doloroso momento, lo hizo vacilar. Sin embargo, Hélias siempre había considerado a los olores sus aliados, sus confidentes, y apenas dos años después de aquel incidente descubriría los beneficios de la meditación olfativa, que cambiaría su vida para siempre. Pero en aquel momento el incienso interpretó el papel de un enemigo que trataba de envenenarlo. Consiguió aturdirlo e impedir que se expresara en el funeral de un ser querido. Hélias acabó perdiendo el conocimiento. Acudieron a socorrerlo. Todo el mundo lo atribuyó a la emoción, pero nadie se sintió mal por obligarlo a desbarrar delante de la gente y del Todopoderoso. Cuando salió del cementerio, el incidente ya era agua pasada. Al menos, para los demás. Hélias no dejó de rumiarlo durante años. Era la única vez en toda su vida que un olor lo había engañado. El día que comprendió que su curación podía pasar por el dominio de los olores, se prometió que los querría a todos. Incluso a la peste a ajo de aquel pasamontañas. A todos excepto al incienso.

Cuando el ruido de pasos se acercó a la puerta, Hélias se decidió. Como movido por un resorte, salió disparado del cuarto de baño y embistió al corredor, que cayó de espaldas y, al aterrizar en el suelo, soltó un chillido estridente mezcla de sorpresa y dolor.

—¡Lléveselo todo, pero no me haga daño! —gritó en dirección al encapuchado.

Tumbado en posición fetal, se protegía la cara con las manos. Pero Hélias ya había llegado a la escalera e iniciado el descenso. Cuando iba por la mitad, puso mal el pie, bajó rodando y golpeando las aristas salientes y, al llegar abajo, chocó contra la barandilla con la frente y se partió una ceja. El pasamontañas se volvió pegajoso. Aunque estaba atontado, volvió a levantarse y avanzó hacia la puerta. Vilmet la había cerrado con llave. Como un autómata, Hélias corrió hasta el salón, abrió una de las ventanas y se dejó caer al otro lado. Mareado por las volteretas en la escalera, había perdido los reflejos, así que cayó al jardín de cabeza. El golpe, aunque no muy fuerte a esa altura, lo dejó sin respiración. Tosió en busca de aire. Una mano lo agarró con fuerza de la chaqueta y lo levantó. Con la cabeza bamboleando, se dejó arrastrar. ¿Qué otra cosa podía hacer? Simon era más fuerte que él. Le quitaría el pasamontañas y, cuando lo reconociera, sería el fin. Mejor. Daría lo que fuera por que lo cuidaran.

—¡Colabora un poco, joder!

Hélias no reconocía la voz, pero sabía que no era la de Vilmet. El desconocido volvió a ponerle los ojos a la altura de los orificios del pasamontañas, y Hélias identificó uno de los monos del equipo de intervención. Su salvador lo arrastró sin miramientos a través del jardín y después hasta la furgoneta, estacionada frente a la casa. Nora abrió la puerta trasera, le gritó que subiera, y el vehículo se puso en marcha y salió disparado.

—Pero ¿a quién se le ocurre? ¡Tú estás mal de la cabeza! —explotó Nora.

—Lo tengo.

Hélias se quitó el pasamontañas. Tenía la cara ensangrentada.

—Pero ¿cómo se puede ser tan idiota?

—Lo tengo.

—¿Y si te hubiera reconocido? ¿Lo has pensado?

—Nora, tengo su olor.

31

Al día siguiente, los técnicos de laboratorio y los descifradores se pusieron manos a la obra. Combinando los olores que lo impregnaban diariamente en su domicilio, reconstruyeron la signatura olfativa de Simon Vilmet. Imaginarse su estructura como la de un perfume para el gran público sería un error. Por lo general, una fragancia de una marca selecta se organizaba como una especie de pirámide dividida en tres partes. La cabeza, la franja más efímera, compuesta por las notas más volátiles, se correspondía con la punta de la pirámide. El corazón, el segmento central, contenía las materias primas que daban su personalidad al extracto. Por último, la base de la pirámide, en la que se encontraban las esencias más persistentes, se conocía como «fondo».

Pero los expertos de Fragrancia, que no podían utilizar esa estructura, organizaban la signatura en forma de círculos más o menos concéntricos. Configurarían el acorde alrededor de los jabones y los cosméticos que se aplicaba Vilmet y progresarían, olor a olor, hacia esferas más alejadas. La concentración de cada efluvio tenía que ser proporcional al grado de contigüidad. Dicho de otro modo, el detergente que utilizaba para la ropa, en sobredosis, y el saquito de pétalos de la entrada, en rastro. Que el resultado final no fuese un olor agradable y equilibrado no era grave. Al contrario, el reto consistía en recomponer el olor fiel del influencer, porque tendría un papel esencial en el interrogatorio olfativo al que iba a ser sometido.

Para tener más posibilidades de éxito, Nora incluso había reclutado a un olfato con el fin de que supervisara el proceso. Y esta vez, en lugar de pedir voluntarios, había optado directamente por la amenaza. Había que bajarles los humos de una vez por todas. La asamblea general, prevista para el fin de semana, acabaría el trabajo. Si todo iba según lo previsto, el equipo estaría en condiciones de proporcionarle a Nora la totalidad de las atmósferas necesarias para la buena marcha del interrogatorio olfativo del día siguiente. Esperaba los resultados con el alma en vilo. El menor traspié comprometería su carrera, porque Abbad la tenía en el punto de mira. Del balance de aquella vulgar operación dependía su futuro. Y, por si la situación no fuera ya lo bastante estresante, Nora estaba nerviosa por el informe final que le entregaría a Cornélia dentro de poco. Dado el número de colaboradores implicados y los medios que le había arrancado a la empresa, ocultar aquella misión parecía cada vez más imposible. Y la perplejidad respecto a sus actividades crecía a su alrededor. Eso la volvía paranoica. Debe decirse que semejantes recursos estaban reservados en exclusiva a los incidentes que podían poner en peligro el secreto de Fragrancia. Desde luego, no a investigaciones policiales de tres al cuarto. Ya ni siquiera su rol de gestora de crisis parecía preservarla de las críticas. Tenía que seguir manteniendo a raya a sus detractores algún tiempo más. Costara lo que costase. Aquello acabaría muy pronto. Al menos, era lo que esperaba con ansia.

—¿No podía llevar perfume, el muy tocapelotas?

Vilmet conseguía irritarla incluso con sus omisiones. Un rápido intercambio de SMS le permitió saber que Hélias había dejado su mesa del laboratorio para dar una vuelta por el parque.

Lo encontró bajo el sauce llorón, jugando con Cahetel, la civeta de Cornélia. Mientras le daba friegas en todas direcciones, el animal le mordisqueaba las manos en señal de afecto. Sus grititos entusiastas sorprendieron a Nora.

—Esto no es nada habitual. Normalmente, es muy asustadiza con los desconocidos.

—Los grandes miedosos nos comprendemos mutuamente —dijo Hélias interrumpiendo sus caricias.

El animal se quedó inmóvil. El aspirante y la civeta se miraron unos instantes y, luego, cuando el chico le restregó el pelaje de nuevo, Cahetel volvió a chillar con renovada excitación.

Nora rodeó el árbol y se acuclilló junto a ellos.

—¿Cómo va la ceja?

—Solo me han dado dos puntos —respondió Hélias pasándose un dedo por los hilos.

—Quería darte las gracias por la fuente olfativa. Tu actitud fue irresponsable, pero los técnicos podrán construir el acorde alrededor de tu hallazgo. Deberías verlos, están encantados.

—De nada.

—No obstante, sigo pensando que robar la botella fue un error. ¿Qué delincuente deja todos los objetos de valor y se lleva un gel para el pelo?

—Un calvo no, desde luego. —Nora sonrió, desarmada—. Desde que trabajo para el centro, casi he olvidado mis miedos —añadió el aspirante.

Su comentario le sorprendió a él mismo. Cada vez tenía más seguridad, pero hasta ese momento no había verbalizado el cambio que se estaba operando en él.

—Esa ansiedad que padeces, ¿la tienes hace mucho tiempo?

Al ver que Hélias se cerraba, Nora se disculpó por la brusquedad de su pregunta. No estaba obligado a contestar.

No era la primera vez que le hacían aquella pregunta, que temía. La temía porque tenía la sensación de que ninguna de sus respuestas satisfacía nunca a sus interlocutores. No había vivido ninguna situación traumática insuperable. No lo habían acosado en la escuela. Sus padres habían sido cariñosos; su familia, afectuosa, y su infancia, completamente normal. Simplemente, era hiperemotivo por naturaleza. Después de cultivar una empatía exacerbada desde muy pequeño, en la adolescencia se había encontrado con que era incapaz de gestionar sus propias emociones. Aquello no tenía nada de extraordinario, pero, en definitiva, encajaba con su trastorno: poco espectacular. ¿Con cuántas personas había coincidido en las salas de espera de psiquiatría cuyos padecimientos le parecían más legítimos que el suyo? Algunos habían sufrido agresiones sexuales en la infancia, otros habían caído en la droga después de una relación con un ex violento, otros nunca se habían repuesto de una imprudencia que había provocado la muerte de alguien. A veces —y era consciente de que se trataba de una idea cuestionable— le parecía que habría preferido haber sufrido él también una gran desgracia. De esas que hacen que la gente se descubra y baje la cabeza con un nudo en la garganta. Aquello habría legitimado al fin su angustia. Pero no, en lugar de eso, se veía obligado a torpes justificaciones, que siempre concluía con un patético: «Es incapacitante, te lo aseguro». Triste destino, padecer algo que no despierta la menor compasión.

—¿Sabes?, he acabado pensando que esa sensibilidad es la fuente misma de tu talento.

Hélias se puso rojo. Aquel cumplido inesperado le causaba apuro. Intentó cambiar de tema.

—¿Cómo se desarrollará el interrogatorio olfativo?

Nora pensó unos instantes. Quería ser todo lo sintética posible. Vilmet, conectado a un electroencefalógrafo, se sometería a una transcripción olfativa fiel de la noche en que Audrey había sido violada. Dicha transcripción, compuesta por el perfume de Audrey, la atmósfera del escenario del crimen y el olor del propio Vilmet, y mezclada con SVM, sería inhalada por el influencer. Acto seguido, los descifradores, cuyo cometido era leer los resultados del encefalograma, podrían acreditar las emociones que había sentido el sujeto durante la reminiscencia olfativa. Cualquier emoción de placer, de culpa, de excitación, de vergüenza, cualquier emoción, en definitiva, incriminaría a Simon al instante.

—¿Y por qué no utilizan el olor de Vilmet directamente sobre Audrey?

—Se evita actuar así al máximo, porque puede dejar secuelas. Pero es cierto que hacer que la víctima reconozca el olor de un sospechoso facilitaría el trabajo. Por desgracia, en nuestro caso, hay grandes dudas sobre la calidad de los recuerdos de Audrey. La drogaron, lo que de paso alteró su hipocampo. Así que no podemos fiarnos de sus reminiscencias. Si es que las tiene.

Hélias advirtió que, tras la pose de control que la caracterizaba, Nora mostraba fugaces signos de agotamiento.

—No sé si eso te facilitará la vida, pero, si me convierto en olfato, te aseguro que siempre estaré a tu disposición para las misiones.

La oferta conmovió a Nora. Pero, al instante, los remordimientos volvieron a asaltarla, y su sonrisa se desvaneció. Se levantó y se alejó unos segundos de Hélias y Cahetel. Una inspiración, una espiración. Recobró la calma.

—Sígueme —dijo, de nuevo imperturbable y reflexiva.

Tomaron un sendero que llevaba detrás del edificio principal. A medio camino, Cahetel los dejó. Un movimiento en un arbusto le había sugerido que una compañía más interesante se escondía en él. Nora no sabía cómo abordar el asunto. Llegaron al solar que había divisado Hélias el día de su llegada. Obreros cubiertos de polvo entraban y salían por imponentes puertas vidrieras. El edificio tenía cinco pisos y su exterior parecía acabado.

—Cornélia emprendió estos trabajos de ampliación hace dos años. El centro espera desarrollar la mayor parte de sus actividades aquí en un futuro no muy lejano.

Impresionado por la construcción, Hélias soltó un silbido. Nora lo miró, esperando que sacara conclusiones por sí mismo. Sin resultado. No sabía cómo anunciarle su próximo despido y se sentía culpable por haber tardado tanto. Permitir que iniciara la formación y llevarlo de misión había sido un error. Lo ocurrido durante los últimos días había hecho que le gustara su carácter. Además, tenía talento. Sobre todo, para ser el ayudante de la sucursal más insignificante de Fragrancia. Ni uno solo de los olfatos que había conocido en sus cinco años de carrera era capaz de transcribir una atmósfera solo con la nariz, sin ayuda de un aparato de *headspace*. Su visión de los olores parecía límpida, virgen de cualquier defecto. Un talento que podría serle muy útil al centro. Ahora, después de tratarlo durante unos pocos días, consideraba que privarse de él sería un error monumental. La situación en la que se había puesto ella misma la irritaba. ¿Qué hacer?

Su móvil vibró. Salvada por la campana. La aplicación de un servicio de vídeos en vivo la avisaba de que Vilmet estaba en directo. Hacía una semana, Steve le había creado una cuenta y la había suscrito al canal del influencer. Clicó en la notificación. Hélias miró por encima de su hombro.

Bajo una angustiante luz verdeazulada, un Simon exhausto miraba a cámara. Estaba en su habitación. En segundo plano, el desorden parecía bien organizado. Nada se había dejado al azar. Hasta su camiseta de manga corta, un poco arrugada, contribuía a crear la sensación de que el vídeo estaba grabado en tiempo real. Una declaración bajo asedio. En cuestión de segundos, decenas de espectadores se unieron al directo. En el lado derecho, los comentarios empezaron a sucederse. Al cabo de cinco minutos, había seiscientas personas conectadas.

Vilmet adoptó una expresión afligida. «Hola, chicos. Esta mañana, un *live* un poco especial. Anoche sorprendí a un ladrón en mi casa». Texto aprendido, violines afinados. Durante treinta minutos, Simon relató el incidente. Sin improvisar nada, hizo crecer la tensión, adornando y exagerando todos los detalles. La voz corrió por las redes sociales y el vídeo no tardó en tener dos mil espectadores. El relato alcanzó su punto álgido cuando Simon llegó a su enfrentamiento con el intruso. Por supuesto, se había defendido con valentía, e incluso llevaba las de ganar. El desconocido acabó huyendo sin tener tiempo para robar nada. Simon, *the winner*. Leyó principalmente los comentarios apenados de quienes lo felicitaban por «haberle echado un par». Sus moderadores se hinchaban a expulsar sin contemplaciones a los que se burlaban de él. El asunto de los juegos de regalo no entregados seguía pasándole factura. Pese al puñado de voces discordantes, su petición de apoyo se vio coronada por el éxito. Al final del vídeo, contabilizaba una veintena de suscripciones a su canal y una cuarentena de donativos de montantes diversos. Nora hizo un rápido cálculo. El directo le reportaría unos doscientos cincuenta euros. A lo largo de su intervención, el influencer incluso había sugerido varias veces que estaba abierto a negociar una posible colaboración con una marca de sistemas de alarma. Un allanamiento rentable. Nora apagó el móvil y le pidió a Hélias que la disculpara. Aquella urgencia la obligaba a dejar la conversación sobre el despido para más adelante.

* * *

—Nuestros temores estaban fundados. Vilmet utiliza su plataforma para quejarse a sus abonados —dijo Nora entrando en la sala abierta de Ciberseguridad y dejándose caer en una silla vacía.

El interrogatorio olfativo tendría lugar al día siguiente; si no se cubrían las espaldas, se arriesgaban a que Simon le contara a todo internet lo que se disponían a hacerle. ¿Y después? ¿Cuánto tardarían los detractores de Fragrancia en relacionar su testimonio con la empresa? Ningún problema personal justificaba ponerla en semejante peligro. Nora era consciente de ello. Le daban ganas de abandonar. Y que Abbad hiciera con su secreto lo que le viniera en gana.

—Ya lo he visto —respondió Steve—. No te preocupes. Seguiremos con el mismo plan. Vosotros lo asustaréis con la artillería pesada. Abogado, acuerdo de confidencialidad y todo lo demás. Pero, si aun así decide hablar en las redes, para eso estamos las gemelas y yo. —Por primera vez desde que se conocían, Steve le posó la mano en el hombro. Ese gesto la tranquilizó. Esbozó una sonrisa—. Tengo algo más que decirte, aunque puede que no te guste —añadió el jefe de Ciberseguridad—. Es sobre tu poli, Ali Abbad. Un manipulador de primera.

32

La excitación de Hélias era evidente. Para agradecerle el riesgo que había asumido, Nora lo autorizó a participar en el interrogatorio olfativo que permitiría desenmascarar a Simon Vilmet. Incluso transportaría en un maletín la transcripción olfativa que iban a utilizar con el influencer. La habían acabado hacía apenas unas horas. Todos los que habían trabajado en ella coincidían en que era un prodigio de realismo. Ahora, el orgullo de participar en una operación que implicaba a tantos expertos se sumaba a la fascinación de Hélias por Fragrancia.

El interrogatorio tendría lugar en un estudio de rodaje a las afueras de Étampes. Un gran espacio insonorizado, completa oscuridad y un emplazamiento aislado: aquel sitio solo tenía ventajas. El techo de la sala principal, de varios metros de altura, estaba recorrido por largas barras metálicas. Cual murciélagos dormidos, los focos apagados colgaban de ellas entre cables y poleas. Las paredes pintadas de negro conferían al lugar unas dimensiones a la vez reducidas e infinitas. Borrar los puntos de referencia de Vilmet formaba parte del plan para desestabilizarlo. El influencer tendría muchas dificultades para describir una situación que no había comprendido. El material necesario para los descifradores estaba colocado en el centro del plató, única zona iluminada. Entre torres de ordenadores, altas máquinas con decenas de diales, mosaicos de pantallas, cables entremezclados y sillones de cuero, los aparatos que debían escanear los rostros hacían pensar más bien en accesorios poco convincentes de la película *Matrix*.

Simon se presentó sin su agente, retenido a unos kilómetros del estudio por un control de tráfico aleatorio especialmente riguroso, gentileza del inspector Ali Abbad. De ese modo, el policía proporcionaba al equipo de Nora una ventana de acción de media hora larga. Con eso bastaría. La ausencia de su agente no parecía preocupar a Vilmet, que, como de costumbre, se situó enseguida. En cuanto llegó, empezó a tutear a toda la asistencia.

Nora, metiéndose de nuevo en el papel de directora de marketing de Gametech, lo invitó a sentarse a una mesa, frente a un abogado de mirada si no hostil, poco amistosa.

—Firme aquí, aquí y aquí. Luego, podrá rubricar las dieciocho páginas.

El picapleitos empujó hacia él un fajo de hojas.

—¿Qué es esto?

—Un acuerdo de confidencialidad. Lo que va a experimentar debe permanecer en secreto. De lo contrario, se meterá en serios problemas.

—Pero supongo que al menos podré hablarle del patrocinio a mi comunidad...

—Por supuesto. El acuerdo solo afecta a esta tecnología.

El abogado señaló con el dedo el casco de electrodos, colocado en un sillón.

—Y este otro documento, ¿qué es?

—Un descargo de responsabilidad.

El escáner al que se iba a someter Vilmet era experimental, le explicó el supuesto abogado. Cabía la posibilidad de que durante la sesión experimentara sensaciones inusuales. Pero no tenía por qué preocuparse. Era un efecto secundario corriente y totalmente inofensivo. Y, ocurriera lo que ocurriese, se requería la discreción más absoluta.

Las amenazas, apenas veladas, los contratos, el leguleyo... Lo único real de aquella escenificación eran el bolígrafo y la mesa en la que firmaba Vilmet. De ese modo, el equipo de Fragrancia esperaba asustarlo lo suficiente para que no hablara.

—Creía que simplemente me iban a escanear la cara...

—Eso es. Ratifíquelo.

El abogado concluyó la frase dejando el cheque a su lado.

Simon miró la máquina y al hombre del traje azul oscuro, y cogió el cheque. Al ver la sustanciosa cantidad, sus dudas se disiparon. Un instante después, estampaba su firma. Acto seguido, lo acompañaron al centro del plató. Una técnica le colocó el casco de electrodos en la cabeza. Sus diestros movimientos eran suaves y tranquilizadores. Lo invitó a sentarse. Las máquinas pitaban a su alrededor.

* * *

En una sala adyacente, Hélias seguía el desarrollo de la operación en un monitor. Apenas sabía nada de la víctima —Nora solo le había dicho que se llamaba Audrey—, pero esperaba que aquel interrogatorio fuera el primer paso hacia la reparación de sus sufrimientos. También lo alegraba constatar que, a veces, Fragrancia ayudaba a la gente. A toda la gente, no solo a quienes disponían de medios para pagar sus servicios. Le había prometido a Alain que, cuando fuera olfato, abogaría por el reinicio del proyecto Odor Medicina. Aunque dudaba que su empeño obtuviera éxito, su mentor, considerando que su lucha era noble, lo había animado.

Alguien entró en la sala para avisarle de que el interrogatorio iba a empezar. Hélias acercó la cara al monitor. No quería perder detalle. Cuánto le habría gustado que Alain estuviera a su lado... Que viera lo que había conseguido hasta ese momento, el camino que había recorrido. Sonrió pensando en lo que aquel perro viejo estaría haciendo en esos instantes. Puede que se encontrara justo en mitad de una sesión de olfacción memorial, o con su mujer, Claudine, charlando en el jardín. O quizá tratando de hacer sitio para otra de sus estrambóticas colecciones. Echaba de menos su complicidad, de modo que, cuando volvió a clavar los ojos en la pantalla, lo hizo con un nudo en la garganta.

Durante años, las tentativas de interrogatorio olfativo se habían saldado con fracasos. Por más que los investigadores emparejaran el olor del escenario con el de la víctima, la atmósfera no era lo bastante completa para que el sospechoso le asociara un recuerdo y para que la interpretación de las emociones que sentía permitiera establecer su culpabilidad. Fue mucho más tarde, al interesarse por el fenómeno de adaptación olfativa, cuando desbloquearon la situación. La adaptación olfativa es el proceso mediante el cual el ser humano se volvió insensible a su propio olor de forma progresiva. Una evolución inevitable y crucial para nuestra supervivencia, destinada a evitar que nuestro olor estimule continuamente nuestros receptores y acabe por dormirlos. Ignorar nuestros propios efluvios nos permite estar mucho más atentos a las sutiles modificaciones de los olores que nos rodean y a los peligros: la proximidad de un depredador o la descomposición de un alimento, por ejemplo. Pero ese proceso, esencial en nuestro desarrollo, inducía a error a los investigadores. Obligando al cerebro a silenciar la información sobre nuestra signatura, la adaptación olfativa suprimía la idea de que esta tenía un impacto sobre nuestra percepción. Todo lo que olemos atraviesa nuestra emanación personal y está impregnado de ella. Por lo tanto, no integrar nuestro propio olor equivalía a reunir todos los colores necesarios para pintar un cuadro y olvidarse del lienzo.

La descifradora introdujo en el nebulizador el acorde formado por el perfume de Audrey, la atmósfera de la casa de Émilie, la cama de su hermano menor y su propia habitación, y, sobre todo, el olor de Vilmet, recién sintetizado por los técnicos de laboratorio del centro. Si Simon era el culpable, sería el olor exacto que había percibido en el momento de violar a Audrey, y exponerse a él debería provocarle una tempestad de emociones, que la descifradora no tendría ninguna dificultad en interpretar en el electroencefalograma. El equipo de Fragrancia no tardaría en salir de dudas.

Con un gesto de la mano, la mujer ordenó a uno de sus ayudantes que pusiera en marcha la máquina.

—Señor Vilmet, procure no moverse, vamos a realizar la digitalización de su rostro. Hemos colocado sensores alrededor de su cráneo. Al mismo tiempo, difundiremos una sustancia olorosa conocida por sus propiedades relajantes. Un rostro relajado permite una mejor reproducción en 3D.

Simon no hizo ninguna pregunta. Hay que reconocer que la situación no dejaba espacio para la duda. Desde el punto de vista del influencer, rodeado de aparatos complicados y de media docena de científicos en bata que tecleaban en sus ordenadores, la escena era muy convincente. Habrían podido anunciarle que estaban a punto de teletransportarlo y probablemente solo habría preguntado si el destino podía ser Dubái. La descifradora puso en marcha el nebulizador y se lo colocó bajo la nariz.

Era su primera inmersión. Su sistema límbico, que no estaba preparado para la intrusión, respondió violentamente. Con los ojos en blanco, Vilmet entró en trance de inmediato. Era lo habitual en las personas ultrarreceptivas a la SVM, una de cada dos, aproximadamente. La sacudida de Vilmet no hizo reaccionar a nadie, aparte de Hélias, que se acercó a la pantalla todavía más. Durante la subida, santo grial de los toxicómanos, Vilmet experimentó un placer enorme. En su cabeza sonaba una melodía asociada a sensaciones deliciosas. Sentía caricias en la zona púbica. El éxtasis. Soltó un gemido de placer. Nora desvió la mirada por miedo a envidiar su viaje. En el instante en que la embriaguez dio paso a la fase memorial, los ayudantes iniciaron el registro de la actividad cerebral. Decenas de pantallas mostraron el cerebro de Vilmet. Brillaba por todas partes. La descifradora jefa, concentrada tras las gafas de cristales tintados, controlaba cada movimiento y cada imagen. Las interpretaciones se multiplicaban en su cabeza. Lo anotaba todo en su ordenador. En menos de cinco minutos consiguió establecer un resultado. Inapelable. Una vez más, la SVM había cumplido todas sus promesas.

Las máquinas se apagaron. Hélias vio en la pantalla que Vilmet estaba volviendo en sí. La descifradora le tendió a Nora un dosier. El aprendiz de olfato se levantó de un salto, abandonó la sala y corrió hacia la gestora de crisis. Al pasar, lanzó una mirada al influencer, desmadejado en el sillón, feliz. El muy cerdo debía de habérselo pasado en grande, se dijo.

Cuando llegó junto a ella, Nora estaba concentrada en los resultados. Leía y releía cada frase. Parecía que quisiera aprenderse el texto de memoria. De vez en cuando, llamaba a la descifradora para pedirle alguna aclaración y, luego, retomaba la lectura. Por fin, alzó la vista, y al encontrar la mirada de Hélias le ofreció una sonrisa débil, casi abatida.

El interrogatorio olfativo de Simon había sido categórico: las señales generadas por su cerebro durante la inmersión eran de desconcierto. Una reacción típica de las cobayas bajo los efectos de la SVM que, sorprendidas por un olor, no comprenden lo que perciben. La conclusión, escrita con todas las letras en el informe, también era inequívoca: nada permitía afirmar que Simon Vilmet fuera el autor de la violación de Audrey.

—No es él —murmuró Nora cerrando el informe.

33

Desde que Hélias se había marchado al centro de Fontainebleau, Claudine, la mujer de Alain Fisson, veía a su marido por casa mucho más a menudo. Eso la intrigaba. Alain, que solía pasar el día en la oficina de Le Mans, ahora paseaba por el jardín, invitaba a amigos a cenar y trabajaba en sus acordes olfativos en su despacho privado. Cuando Claudine entró en la cocina, Alain, tijera en mano, estaba recortando un artículo del periódico. Más tarde, al abrir el cajón de su mesilla de noche, su mujer descubriría un fajo de recortes sobre el Gard, su departamento natal, una revista de prensa completa, que había dejado allí para ella. Un detalle conmovedor, desde luego, aunque Claudine era consciente de que esa atención se debía a una obsesión compulsiva de su marido, agravada en periodos de estrés.

—¿La asamblea general es hoy?

—Exactamente. Estoy impaciente por oír las primeras impresiones de Hélias. Ese pequeño ingrato no me ha mandado un solo mensaje en dos semanas.

—Déjalo tranquilo, por favor. Tiene preocupaciones más importantes que pensar en un viejo gruñón.

Alain sonrió y se levantó para abrazarla. Al separarse de ella, le recordó que había elegido como marido precisamente a aquel gruñón, lo que decía mucho sobre su buen gusto.

—Un sacrificio para proteger al sexo femenino. Tengo sentido del deber —respondió Claudine, burlona.

Una hora después, Alain se ponía en camino hacia el centro de Fontainebleau. Aprovecharía la visita para pedir un nuevo ayudante. Sin Hélias, la gestión de la sucursal de Le Mans iba de mal en peor, hasta el punto de que había decidido reducir a la mitad las consultas diarias. Ya no tenía edad para tanto tute. La carga de trabajo que había soportado durante sus primeros años en Fragrancia habría bastado para una decena larga de vidas. En sus inicios, la empresa no eran más que cuatro personas. Esa primera generación, de la que formaba parte, se parecía más a una guardia personal de Cornélia que a un grupo de verdaderos terapeutas. Les habían asignado el papel de ODT, u «olfatos de terreno». Las sucursales aún no existían, y el trabajo era muy distinto al acompañamiento de pacientes que podían permitirse rememorar recuerdos agradables. Sus tareas, en las antípodas de las placenteras y amables sesiones de olfacción memorial, incluían intimidar, manipular, extraer olores y recuerdos, hacer chantaje memorial, extorsionar información... Los inicios de Fragrancia no habían estado exentos de violencia y brutalidad. Pese a su apariencia de *bon vivant* imponente y jovial, Alain fue el guardaespaldas de Cornélia durante mucho tiempo. Cada vez que surgía un conflicto, era a él a quien encargaba dar una respuesta contundente. Una vez asegurada la tranquilidad de la empresa, los ODT habían desaparecido. O más bien habían sido sustituidos por un equipo de intervención. Menos violento, más aceptable. Alain no les tenía mucha simpatía. En su opinión, no eran más que una panda de botarates sin conocimientos sobre el negocio que se comunicaban con gestos inventados. Menudo relevo. Maquinalmente, se paseó la mano por el antebrazo. Su tatuaje, vestigio de esa época, había perdido color.

Llegó sobre las once y se incorporó al contingente de berlinas negras, privilegio de los olfatos. Tras mostrarles el pase a los guardias, aparcó y se unió a un grupo que charlaba delante del auditorio. Casi ninguna cara conocida. Como último representante de la primera generación, aparte de la propia Cornélia, por supuesto, gozaba, para los pocos que lo identificaban, del estatus de decano. Habitualmente, el auditorio acogía coloquios y conferencias para los empleados y, en ocasiones, también para los pacientes. Alain trataba de recordar la anterior asamblea general extraordinaria que había contado con la presencia de todos los olfatos. Debía de remontarse a los años 2010, o incluso más atrás.

Tras conversar con algunos colegas, se dio cuenta de que ninguno parecía saber por qué estaban allí ese día. Cuando el olfato de Clermont-Ferrand manifestó su sorpresa ante las obras de ampliación emprendidas en los límites de la propiedad, varios terapeutas concluyeron que, sin duda, Fragrancia había iniciado una operación de expansión. La hipótesis satisfizo al de Clermont, que confesó ante los demás su ambición de darse a conocer a un público más amplio. Alain no compartía esa necesidad de reconocimiento. Había trabajado lo suficiente en los comienzos de la empresa para saber que, con una mayor notoriedad, Fragrancia no ganaría nada, salvo problemas. Debía su supervivencia únicamente al secreto que la mantenía lejos del mundo y sus hordas de fisgones. Su pasado le vedaba la fama. Y, sobre eso, los olfatos de aquella nueva generación, a la que pertenecía el de Clermont, no tenían la menor idea. Querían más, siempre más.

Alain se alejó del grupo unos instantes para buscar a Hélias con la mirada. Aparte de algunos pacientes, en el parque no quedaba ningún signo de actividad. Detuvo a una empleada que pasó junto a él y le preguntó si conocía a un aspirante que respondía al nombre de Hélias Révol. La mujer, de cierta edad, le explicó que el protegido de Nora se había marchado esa misma mañana. Debía de ser para una operación importante, dado el tamaño del contingente. Alain le dio las gracias y regresó junto al grupo de olfatos, orgulloso. Hélias había sabido hacerse útil y participaba ya en misiones de gran envergadura. A sus colegas, que le preguntaron qué le hacía sonreír tanto, les respondió que debían prepararse para recibir a un nuevo olfato en breve. En ese preciso instante, un individuo se acercó a ellos y los invitó a entrar. La asamblea general estaba a punto de empezar.

* * *

La sala, en forma de anfiteatro, podía acoger a un centenar de personas. Los olfatos se adueñaron de las dos primeras filas de bancos, las más cercanas al escenario. Cuando les anunciaron que Cornélia estaba ausente y no presidiría la asamblea, intercambiaron miradas de sorpresa. La reemplazaría el delegado de los olfatos de Fontainebleau, Edmond Cholet, que avanzó hasta el centro del estrado. Perfumado con un exceso de mirra, su mera presencia provocó un silencio monástico entre el auditorio.

—¿Dónde está Cornélia?

La voz tonante de Alain rompió el mutismo general.

—Intentando evitar el fin de Fragrancia.

El tono de Cholet, melifluo e insinuante, imponía igualmente. Con una crudeza casi sádica, el olfato describió la coyuntura en la que se hallaba la empresa. Mencionó las dificultades encontradas por Fragrancia para mantener la confidencialidad de su existencia y la imposibilidad de contener por más tiempo las fugas de SVM detectadas prácticamente en todo el territorio. Y, con una sonrisa burlona, anunció las decisiones tomadas por la dirección para preservar el secreto de Fragrancia: suprimir siete sucursales y traer a sus olfatos a Fontainebleau. Justo antes de pasar a la votación, concluyó:

—Tenemos ante nosotros una elección sencilla. O amputamos la necrosis, o sacrificamos todo el cuerpo.

Desconcertado por la noticia, Alain balbuceó que no veía la relación entre el cierre de las sucursales y el mantenimiento del misterio de Fragrancia.

—Deje de fingir. ¿De verdad no comprende que la centralización lleva aparejada la reducción de riesgos? No es de extrañar que, con tan poco discernimiento, hayamos tenido que llegar a estos extremos.

—¿Y cuál será el siguiente paso? ¿Suprimir otras sucursales? ¿Hasta que solo quede Fontainebleau? ¿Quién nos dice que esas siete no son las primeras de una larga lista?

Alain volvía por sus fueros.

—Sus suposiciones solo sirven para asustar a sus colegas —replicó el olfato Cholet.

Fisson replicó que lo que los asustaba era más bien que les hubieran ocultado esa decisión y presentaran a los empleados un hecho consumado. Él se limitaba a señalar las maquinaciones en marcha.

Cholet dejó planear sobre la concurrencia un pesado silencio. Hasta en el fondo del auditorio se notaba que disfrutaba por adelantado del efecto que producirían sus próximas palabras.

—La decisión no se les ha ocultado a todos, olfato Fisson. Simplemente, a usted no se le invitó a la mesa de negociaciones —soltó sonriendo aviesamente.

El mazazo obligó a Alain a sentarse. Por veinte votos contra doce, los olfatos aprobaron las supresiones. Las oficinas que generaban menos pacientes y dinero, entre las que estaba la suya, acababan de cerrar.

En medio de la agitación, los sacrificados descubrieron la función exacta del edificio en construcción: albergaría sus nuevos despachos. De hecho, fue un argumento determinante para la aceptación del plan. Una reestructuración que no conllevaba la pérdida de empleos resultaba más tolerable.

Los olfatos abandonaron el auditorio uno tras otro. Alain fue de los primeros en salir. La asamblea había durado menos de veinte minutos. Lo suficiente para quedarse sin su sucursal y perder lo que tantos años le había costado construir. Aquellos colegas no eran más que un hatajo de mentirosos y oportunistas dispuestos a traicionar a la primera oportunidad. Su pequeño reino ante todo. Habían llegado a fingir ignorancia cuando el olfato de Clermont-Ferrand mencionó las obras. De hecho, también él tendría que sentarse sobre sus sueños de grandeza. Su nombre figuraba en la lista de los siete. Alain acusaba el golpe. Lo primero, huir, y deprisa. No podía seguir un minuto más en el centro. Por el camino que le llevaba al coche, se cruzó con el de Clermont, abatido.

—Por favor, dígale a Cholet que me voy. Necesito al menos dos semanas de vacaciones —dijo abriendo la portezuela.

—Es un buen momento, porque acaban de imponernos una decena.

34

Dejaron marchar a Simon sin más. Tal vez fuera inocente, pero para Nora seguía siendo un idiota insoportable. En cuanto se subió a su Audi, el equipo empezó a cargar las cajas de material en las furgonetas. En menos de una hora el estudio estaba vacío. Nora, que supervisaba el traslado, metió a Hélias en el primer vehículo que regresaba al centro.

—Yo no tardaré mucho —dijo inclinándose hacia la ventanilla bajada.

—¿Seguro que no quieres que me quede contigo? Te seré más útil aquí.

Nora tuvo que obligarse a despedir a Hélias y sus ojos tristes. En dos semanas, su talento, su voluntad, su presencia, sus ramalazos de audacia habían dejado huella en la joven. Tanto era así que, durante el interrogatorio olfativo, se había sorprendido un par de veces buscándolo con la mirada. Pero, para lo que venía a continuación, debía estar sola.

—¡Vamos! ¡Largo de aquí! Nos vemos en el centro.

Y palmeó el techo del coche, que arrancó de inmediato. Pronto, como prueba del paso de Fragrancia por Étampes, no quedaron más que Nora y su chófer, François. En el aparcamiento, la polvareda de los vehículos que acababan de irse flotaba en el aire como una pálida neblina. Ahora los zapatos de charol negro de Nora parecían blancos. El sol pegaba fuerte desde lo alto del cielo. Para mirar a lo lejos, Nora tuvo que ponerse la mano sobre los ojos a modo de visera. Hacía un calor seco y tórrido. El horizonte temblaba. Al cabo de unos instantes, consultó su reloj. Abbad ya se retrasaba media hora. Le resultaba molesto pero no le preocupaba, todavía. Después de las revelaciones de Steve sobre el inspector, su suerte le importaba menos. Su pensamiento estaba concentrado en la asamblea general. Había empezado hacía unos diez minutos. Dado lo que estaba en juego, lo normal era que se debatiera largo rato. El suficiente para que ella pudiera llegar al centro antes de que hubiera acabado, incluso participar, quizá, en el recuento de los votos. Lo importante era que estuviera allí para darle la noticia a Hélias. Pero no había prisa. El chico, en su calidad de simple ayudante, no tendría acceso ni a la reunión ni a los resultados. Así que sería ella quien le anunciaría el cierre de su sucursal y hablaría con él de su futuro. Aunque por el momento un puesto de olfato era impensable, siempre podía conseguirle otro mientras esperaba. Para eso, antes tendría que hablar con Cornélia.

Cuando se estaba agachando para quitarse el polvo de los zapatos, apareció un coche, que viró bruscamente y, volviendo a levantar el polvo que acababa apenas de disiparse, frenó justo delante de ellos. Abbad bajó a toda prisa disculpándose por el retraso: sus jefes le habían pedido explicaciones sobre aquel control de carreteras intempestivo. Nora se acercó y le comunicó el resultado del interrogatorio.

—Pero ¿qué está diciendo? Por supuesto que fue él. El problema es su test, que no funciona.

—Las conclusiones no dejan lugar a dudas. No tenemos pruebas para acusar a Vilmet de la violación de Audrey. Si lo he esperado, ha sido sobre todo para advertirle que Fragrancia ha cumplido con su parte del contrato y que, por tanto, nos retiramos de la investigación.

—Repitan el interrogatorio. Le digo que hay un error. Repítanlo o le cuento a Cornélia que no es usted más que una drogadicta.

—Siempre puede intentarlo...

Las revelaciones de Steve habían alterado por completo la relación de fuerza entre Nora y Abbad. Examinando el dosier que les había entregado el inspector en el parque de Melun, el jefe de Ciberseguridad se percató de que faltaban algunos documentos. En particular, los que procedían de la oficina del fiscal. Tras investigar en profundidad, descubrió que el ministerio público no había solicitado la ayuda de Fragrancia en ningún momento. Es más: a falta de pruebas, la agresión a Audrey había sido archivada hacía dos días. Abbad actuaba por su cuenta. Esa revelación había permitido a Nora inclinar la balanza a su favor. Se había apresurado a disculparse ante Cornélia por el exceso de medios empleados durante las últimas semanas. Creyendo que la fiscalía estaba al corriente, prefirió jugar la carta de la total colaboración. Pero Abbad les había mentido desde el principio. La reacción de Cornélia no se hizo esperar: la eliminación inmediata del inspector de la lista de colaboradores privilegiados de Fragrancia y la petición al comisario de Melun de que lo degradaran o al menos fuera expulsado de la nómina. En unos días, uno de los compañeros de Abbad se convertiría en el nuevo intermediario entre la policía de Melun y el centro. Desacreditada, la palabra del inspector ya no tenía ningún valor. Podía contar lo que quisiera. Nadie lo creería. Para terminar, Nora se disculpó por haber tenido que llegar a esos extremos.

Abbad ocultó la cara entre las manos. No debido a la humillación o la posible sanción, sino porque aquello suponía el final de una ayuda inestimable.

—Se lo ruego, repita la prueba. Sé que fue él —suplicó.

Nora le recordó que nada la había obligado a realizar el interrogatorio a Vilmet. Estaba al corriente de que le había mentido antes de poner en marcha la operación y, pese al peligro que suponía para la confidencialidad de Fragrancia, había ido hasta el final del proceso.

—Por Audrey —añadió posándole la mano en el hombro—. Es usted una buena persona, Ali —añadió—. Esa chica tiene mucha suerte de contar con su ayuda. Lamento que nuestra colaboración acabe así.

—Es imposible. Ustedes se han equivocado en algo —insistió Abbad, y la cogió del brazo para retenerla.

—Suélteme. Desde el principio no ha parado de repetir que fue Vilmet, pero ¿cómo lo sabe, eh?

—Por Émilie, el vídeo, mi intuición...

—No tiene nada, Ali. Ni la más mínima prueba. Nada. Ya es suficiente. Usted no sospecha que fue Vilmet, espera que lo sea. Y me ha arrastrado en su delirio.

Nora se soltó y, antes de subir al coche, miró apenada al inspector. Un instante después, abandonaba el aparcamiento, dejando una nube de polvo. A unos metros del cruce con la departamental echó un último vistazo por la ventanilla trasera a aquel hombre abatido. Se sentía mal. No por el policía, sino por haberse dejado intimidar y manipular de aquel modo.

Durante el trayecto, recibió un mensaje del departamento administrativo de Fragrancia: «La asamblea general ha terminado. La supresión se ha aprobado». Más rápido de lo previsto. Solo quedaba esperar que nadie informara a Hélias del resultado.

Pero, una vez más, no había ningún motivo para que así fuera. Para mayor tranquilidad, Nora marcó su número y lo llamó. Saltó el contestador. En otras circunstancias, no se habría preocupado. Pero si aquellos últimos quince días y su concatenación de infortunios le habían enseñado algo, era que siempre había que esperar lo peor.

35

Media hora antes, Hélias se encontraba en el coche que lo llevaba de vuelta al centro. Entusiasmado y decidido, le parecía que el mundo se abría ante él. Su periodo de formación iba mucho mejor de lo que había imaginado. En dos semanas, había vivido más aventuras que en toda su vida. Por supuesto, estaba decepcionado por el resultado del interrogatorio, pero la perspectiva de convertirse en olfato lo empujaba al optimismo. Sin duda, Nora pondría en marcha otra operación para ayudar a la víctima. Con Fragrancia, el abanico de posibilidades parecía infinito.

Absorto en sus pensamientos, el viaje de Étampes a Fontainebleau se le hizo corto. Al llegar a la propiedad, el coche se detuvo ante la verja. Edmond Cholet, que acompañaba a la salida a los últimos olfatos presentes en la asamblea general, le hizo una seña al chófer de Hélias para que se detuviera. En lo que el aspirante tardó en apearse, Cholet había llegado junto a él y tendía la mano para recuperar el móvil que le había prestado la empresa. Mientras extraía la tarjeta SIM, le explicó tranquilamente que ya no estaba autorizado a entrar en el recinto, resumiendo la situación con estas palabras:

—Los terapeutas han votado por mayoría a favor del cierre de la sucursal de Le Mans. En consecuencia, su puesto se ha eliminado. Así que no tiene sentido que continúe su formación. Ya no trabaja para Fragrancia.

Un violento vértigo se apoderó de Hélias. Como aplastadas por su peso, las piernas le flaquearon. Vaciló y tuvo que apoyar la mano en la carrocería para no caerse. La voz de Cholet se volvió lejana, algodonosa. Hélias jadeaba. Unas franjas negras le nublaron la vista. Luego, nada.

Un instante después, el chófer le vertía el agua de una botella sobre la cara. Hélias estaba tendido boca arriba sobre la gravilla, mientras le sostenían las piernas en alto. Intentó soltarse para ponerse en pie, pero las náuseas se lo impidieron. Cholet lo miraba con desdén. Le asqueaba aquel espectáculo, aquel sufrimiento exhibicionista. Pero, a su modo de ver, la mayor afrenta se había cometido hacía unos días, en el laboratorio, cuando aquel mísero ayudante rechazó su mano tendida. Y eso Cholet no podía perdonarlo. Se agachó junto a él y murmuró:

—Ya le advertí que, a diferencia de la civeta, usted echaría de menos la jaula.

36

En un instante se lo habían quitado todo. Sus ambiciones, sus sueños, sus esperanzas... Sin embargo, no había habido ni gritos ni lágrimas. No, llevaba dos semanas sumido en un profundo letargo. A veces, pensar que había trabajado durante años para que al final lo despidieran justo antes de la consagración le provocaba un ramalazo de dolor, pero, aparte de eso, el electrocardiograma estaba plano. A imagen y semejanza de su vida cotidiana. Le Mans y su olor a gran ciudad en medio del campo seguían tal y como los había dejado al marcharse. La verde frescura de las praderas aún tenía que usar la astucia para colarse entre la polución, los gases de escape y el asfalto.

El único cambio se había producido en el dúplex del barrio de Bollée, donde Hélias dormía en el sofá a la espera de recuperar su cuarto. Durante su ausencia, su coinquilino lo había transformado en despacho. ¿Para hacer qué? El propio Adam no tenía la menor idea. Seguramente, era la última persona en la tierra que necesitaba uno. Pero eso había complacido a su padre, propietario de la vivienda. Disponer de un despacho era tener ya un pie en los negocios. Así que, hasta que le devolvieran la habitación, Hélias dormía en el salón sin rechistar. Los días pasaban y se parecían. El tiempo huía. El aburrimiento se le pegaba a los talones. Surfear la ola de su melancolía se había convertido en su única distracción. Ahora su futuro le parecía tan incierto como negro.

En un intento de superar la oxidación y la necrosis, todas las tardes, hacia las tres, salía a andar. Como si fuera una peregrinación, su caminata terminaba indefectiblemente delante de la sucursal. Cerrada, pero no desmantelada. Llevaba dos semanas llamando al fijo de Alain. Siempre saltaba el contestador. El móvil de Hélias se había convertido en una extensión directa de su ser. El móvil y la mochila del instituto, en la que metía todo tipo de cosas para sus excursiones. La botella de agua, las barritas de cereales, las octavillas publicitarias que le daban por el camino... El día anterior, al pasar ante una modesta perfumería, había visto en el escaparate que necesitaban un dependiente. El simple hecho de planteárselo lo había humillado. Pero, con su formación, ¿qué otra cosa podía hacer? ¿Aromaterapia, esta vez de verdad? Como un espía que, olvidando su vida anterior, abrazara plenamente su identidad falsa. En cualquier caso, sería con los olores. No se imaginaba su vida sin ellos ni por un instante. Pese a su apatía, lo acompañaban a todas partes. Solo que ya no les prestaba la atención que merecían. Como a las viejas amistades, que se dan por sentadas y a las que en realidad ya no se cuida.

Con los ojos clavados en el escaparate, volvió a pensar en todo lo que había vivido. La investigación policial, la atmósfera en el sótano en ruinas, la civeta, la discoteca, el allanamiento, el interrogatorio, Nora... Punzada en el corazón. Parte de su actual abulia se debía al profundo rencor que había madurado contra ella. Lo había utilizado para luego abandonarlo cobardemente. Dos llamadas suyas: la primera, el día de su expulsión, y la otra, el siguiente. Hélias no había respondido. No tenía ni fuerzas ni ganas. Nora acabó mandándole un SMS en el que le exponía toda la situación. Desde el momento en que su candidatura llegó a Fragrancia hasta el día de la asamblea general. Insistía en el concurso de circunstancias adversas, pero también en las cualidades de Hélias y en su talento como aprendiz de olfato. Aquel resumen final sugería insatisfacción ante un asunto pendiente. «Trataré de hablarle de ti a Cornélia, pero no puedo prometerte nada». Esa frase final resumía perfectamente lo que estaba viviendo Hélias. Aquel «pero» contenía el mundo en el que ahora se movía. Un mundo de espera, de decepción. Un mundo tibio y gris.

* * *

Ese día, al llegar a la sucursal condenada, notó que el móvil vibraba. El corazón le dio un vuelco. Las dos semanas de espera habían acabado, al fin. Se apresuró a contestar. Falsa alarma. Solo era Adam, para pedirle un favor. Una vez más, su compañero de piso estaba convencido de que se encontraba enfermo y, para colmo de males, sus medicamentos contra la enfermedad autodiagnosticada estaban caducados. ¿Podía pasarse por la farmacia a la vuelta? El farmacéutico, que estaba avisado, ya había preparado el pedido y anotado el importe en la cuenta de Adam.

Al llegar al establecimiento, Hélias se aseguró de comprobar escrupulosamente la lista de Adam, metió la decena de cajas en la mochila y se dirigió a casa. La habitación de Adam estaba en penumbra. El enfermo imaginario lo esperaba. Parecía un patriarca que, sabiendo que había llegado su hora, recibía por última vez a sus biznietos postrado en la cama y con muchos gemidos. Después de tantos años asistiendo a la misma obra de teatro, llamadas a escena incluidas, Hélias había acabado por saberse de memoria su papel.

—Estoy enfermo, Hélias. Y creo que es grave.

—¿Qué vez es esta? ¿La séptima de este año? Cuando llegue la undécima, sabré que queda un mes para Navidad.

—Muy gracioso. Además de los ahogos y la migraña, me duele la garganta una barbaridad y tengo la nariz completamente taponada. De hecho, como estás con lo de la aromaterapia, te aconsejo que no pilles esto, porque te aseguro que soy incapaz de reconocer ningún olor.

—No te apures, por ese lado ya no tengo que preocuparme mucho. Toma, tus caramelos.

Hélias sacudió la mochila sobre la cama. Los medicamentos cayeron. Adam le dio las gracias mil veces. Estaba contento de que hubiera vuelto. Aunque lo encontrara cambiado. «Me recuerdas a los emos de los años 2000, que confundían los Skyblogs con sus diarios íntimos», le había comentado esa misma mañana. Incluso tenía pensado organizar una superfiesta en el piso para celebrar el regreso de Hélias e intentar ahuyentar su sombrío humor. Por desgracia, luego cayó gravemente enfermo.

Llamaron a la puerta de entrada. Hélias se sentó en el borde de la cama.

—¿No vas a abrir? —preguntó Adam incorporándose.

—Me da pereza.

—Cómo te pasas...

Su compañero de piso saltó fuera de la cama y se precipitó hacia la puerta. «Sin duda, un enfermo en las últimas», pensó Hélias. Instantes después, Adam volvía a entrar en la habitación seguido por Claudine. Hélias abrió unos ojos como platos. Su primer pensamiento fue de lo más lúgubre.

—¿Se encuentra bien Alain?

37

Sentados en un café de Le Mans, Claudine soplaba sobre su chocolate caliente. Frente a ella, Hélias deslizaba la ficha entre sus falanges. Al cabo de unos segundos se interrumpió y preguntó:

—¿Por qué no me cogíais el teléfono? Llevo dos semanas llamando a vuestra casa y a la sucursal. He ido todos los días, por si alguna vez la encontraba abierta.

—Lo siento, Hélias. Volvimos del Gard ayer tarde. Alain necesitaba reposo. Y la verdad es que pensábamos que continuabas tu formación en el centro. He venido en cuanto he visto tus llamadas.

Hélias dejó que posara la mano en la suya. Los ojos se le arrasaron, la respiración se le aceleró y los labios le temblaron. Su bloqueo cedía y, con él, la apatía. Una lágrima, reprimida hasta ese momento, aprovechó una vibración del párpado inferior para escapar. Capturada rápidamente por la manga de Hélias, su vida como gota fue corta. Segada en la mejilla, en plena adolescencia. Hélias nunca lloraba en público. Por sorprendente que pudiera parecer en un hiperemotivo, las demostraciones excesivas le disgustaban. Un «feliz cumpleaños» estruendoso de la mesa vecina en un restaurante le producía una gran incomodidad.

—Me echaron como a un perro. En realidad, estaba decidido antes de que llegara, no me dieron ninguna oportunidad. Sin embargo, tenía el nivel. Te lo aseguro, Claudine, me superé a mí mismo. Pero no me lo agradecieron.

—No se portaron bien.

—¿Sabes qué es lo peor? Si me silbaban, yo acudía corriendo. Es lo que más me aterra. Se burlan de mí y yo pido más. Deseaba tanto formar parte de la historia de Fragrancia... Y sigo deseándolo, a pesar de cómo me trataron.

Claudine le apretó la mano con fuerza.

—Lo comprendo. Conozco a otro que está exactamente igual.

A modo de consuelo, le propuso ir a ver a Alain. Hélias aceptó de inmediato. La perspectiva del reencuentro lo animó mucho. Mientras se dirigían hacia el coche de Claudine, por primera vez desde su regreso de Fontainebleau una sonrisa distendió el rostro del antiguo ayudante de Fisson.

Justo después de Rouillon, un pueblo que había experimentado un crecimiento demográfico casi ininterrumpido desde 1962 —el censo había saltado de 674 a 2.297 almas—, tomaron la carretera a La Croix Georgette. Detrás de una hilera de árboles se dibujaba una columna de humo negro que ascendía hacia lo alto del cielo. Claudine frunció el ceño y pisó el acelerador. Conducía muy deprisa. Mucho más que su marido, y eso que Alain era famoso por su peligrosidad al volante. Mientras se acercaban a su destino, la duda se confirmó: la densa nube negruzca procedía de la propiedad de los Fisson. Claudine realizó la proeza de acelerar aún más. Hélias, pendiente de las curvas y zarandeado en todas direcciones, parecía un copiloto de rally. Sin el casco ni el cuaderno.

—No debería haberlo dejado solo —murmuraba Claudine.

Irritada, golpeó el volante. Si había una frase que Hélias no necesitaba oír, era esa. Su preocupación se multiplicó por tres.

Cuando la casa apareció al final de la carretera, constataron que el humo procedía del tejado. Unas decenas de segundos más tarde, los neumáticos crujían sobre la gravilla del patio. Claudine saltó fuera del coche y corrió hacia la puerta. Hélias apagó el motor antes de bajar y subió prudentemente los peldaños de la entrada. En cuanto viera una viga en llamas, se iría por donde había venido. Con la aventura de Chartres había tenido suficiente.

Pero la casa no era pasto del fuego. Solo flotaba un ligero olor a quemado, y, aunque habría preferido el de la tradicional tarta de limón de Alain, Hélias se sintió aliviado. En cambio, advirtió al instante la ausencia de los objetos que antaño enriquecían la decoración interior. Entró en el salón y se acercó a las puertas vidrieras que daban al jardín. Claudine, con las manos a modo de megáfono, gritaba en dirección a un Alain que estaba alimentando una gigantesca hoguera. En bata y botas de agua, cogía de una pila todo tipo de objetos y los arrojaba a las llamas, que le sacaban tres cabezas. Con cada nuevo puñado de combustible, las muy glotonas crecían y se retorcían de placer. Sus silbidos de agradecimiento hacían el ruido de un túnel de viento.

Alain estaba incinerando sus colecciones. Todas. Claudine trataba de hacerlo entrar en razón, en vano. Hélias salió a su vez al jardín para acercarse al pirómano. El denso humo ocultaba el sol y, pese al resplandor del fuego, su mentor estaba envuelto en tinieblas. El aire estaba saturado de las emanaciones de los plásticos quemados. Era abrasador, pegajoso y picante. Un hedor acre que parecía escupir insultos a la cara de quienes lo olían. Cuando Hélias llegó junto a él, Alain estaba cogiendo una brazada de escopetas de aire comprimido Eureka que databan del periodo de entreguerras. Los coleccionistas lo habrían molido a palos por semejante crimen.

—¡Hombre, Hélias! ¿Hoy tienes día libre?

—Me han echado.

Alain alzó la cabeza. Tenía la actitud de uno de esos viejos extravagantes a los que se evita en el centro de las ciudades.

—Bueno, entonces tienes tiempo para ayudarme. Iba a empezar con los bolígrafos —dijo Alain señalando unas cajas llenas a rebosar—. Fui a buscarlos a la sala de espera. Lo siento, ya he incinerado las postales.

—¿Por qué?

—En vista de lo poco que te gustaban, te habría dejado quemarlas.

—No, quiero decir, ¿por qué haces esto?

—Mi sucursal era lo único que me importaba. Todo lo demás no era más que relleno.

Y, para ilustrar lo que decía, arrojó al fuego un puñado de figuritas de roscón. Hélias se preguntó si al final volverían a aparecer entre las cenizas, puesto que podían resistir las temperaturas de un horno. Cogió una caja llena de imanes de frigorífico y los lanzó a la pira, que crepitó de gusto y soltó una nube negra. Alain esbozó una sonrisa triste.

—Puede que tenga una última enseñanza para ti: no des nunca nada por sentado. Todo se da y todo se quita constantemente; la única forma de impedir lo inevitable es luchar.

Posó una mano en el hombro del chico. Hélias se soltó.

—Las grandes lecciones están muy bien, pero deberías empezar por aplicártelas tú. ¿Por qué no luchas para conservar tu oficina?

—No puedo. Es una decisión de la mayoría. Un simulacro de democracia, pero es lo que hay. Los olfatos no son más que unos egoístas. Mira, eso es otra lección.

Los dos hombres contemplaron la hipnótica danza de las llamas, hasta que el más joven rompió el silencio:

—¿Qué harás ahora?

—Acabar mis días en Fontainebleau.

Hélias aprovechó otro momento de recogimiento ante el fuego para comprobar su móvil. Tal vez el crepitar de las llamas hubiera ahogado el timbre. Alain lo miraba de reojo, apenado. Sabía que, a menos que hubiera una razón poderosa, Fragrancia no volvería a contactar con él.

—Toma —dijo tendiéndole la llave de la oficina—. Deberías ir a recoger tu reserva de SVM del lavabo antes de que acabe la semana. Sería una pena que se la quedaran los de la mudanza.

38

Como Claudine no aceptaba un no, Hélias había dormido en casa de los Fisson. Por suerte, el cepillo de dientes que se llevó al centro de Fontainebleau seguía en su mochila. La noche acabó siendo tan corta como complicada. Había soñado que las llamas lamían hasta el último rincón de la casa. Suelos, paredes, techos, vigas... El fuego lo devoraba todo. Incluso se había levantado varias veces para comprobar por la ventana que daba al jardín que su anfitrión no estaba celebrando la enésima noche de San Juan. Esos despertares intempestivos explicaban en parte la hora tardía a la que apareció a la mañana siguiente. Como todos los días desde su regreso, empezó por comprobar que no había ninguna llamada perdida de Fragrancia. Y, como todos, lo empezó con una decepción.

Alain había tenido el mal gusto de excluir de la quema el dormitorio de invitados. Las decenas de muñecas de porcelana que observaban hasta el menor movimiento de Hélias le helaban la sangre. De todas las colecciones que merecían desaparecer, aquella se llevaba la palma. Se vistió ante las inexpresivas canicas de sus ojos y recogió sus pertenencias. Al bajar la escalera, le llegaron retazos de conversación procedentes de la entrada. Reconoció la voz de Alain, pero la otra no le sonaba. Al verlo, los dos hombres se interrumpieron, y su mentor hizo las presentaciones.

—Inspector, le presento a Hélias, mi ayudante. Puede que coincidiera con él el mes pasado.

El hombre del rostro demacrado por las noches en blanco y la gabardina igual de ajada posó en el joven unos ojos cansados.

—Me parece que no —dijo con un hilo de voz.

Aparte del olor a cenicero, Hélias percibió el perfume de Abbad. Una especie de *fougère* de los años 2000. El inspector no llevaba bien ese perfume, pero parecía traerle sin cuidado. Sin embargo, una piel que rechaza una fragancia es fácil de oler, incluso para un neófito.

Alain los invitó a pasar al salón y les ofreció un café. En menos de lo que tardó en enfriarse el suyo, Abbad había recapitulado la investigación y sus dificultades. Con los brazos cruzados, el olfato lo escuchaba atentamente. El policía finalizó mencionando el resultado negativo del interrogatorio en Étampes. Alain entrevió al fin el motivo de la visita. Había colaborado con la policía de Melun una sola vez, en los inicios de Fragrancia. La confesión de un mafioso de poca monta de esa época. Su participación debía de haber llegado a oídos de Abbad.

—Ayúdeme. Tiene que haber algo que usted pueda hacer.

—No.

Alain no dejó margen para la negociación. No haría nada, y menos lo que Abbad esperaba de él. Al contrario: le aconsejó que cejara en su empeño. Si el interrogatorio bajo los efectos de la SVM no había podido establecer la culpabilidad de Vilmet, es que era inocente. Ahora Fragrancia utilizaba el no va más de los métodos científicos. Nada que ver con los procedimientos arcaicos y brutales de sus comienzos, cuyos resultados no tenían ningún valor: todos los interrogados acababan confesando, fueran culpables o no.

Sorprendido por la brusquedad con la que su mentor despachaba al inspector, Hélias intentó mediar.

—Aunque Nora asegura que el consumo involuntario de drogas nubló las percepciones olfativas de Audrey, se podría probar a hacerle oler el gel fijador de Vilmet y...

—Basta —lo atajó Alain levantándose de un salto del sillón. Hélias se hundió en el suyo—. Siento que haya venido hasta aquí para nada, inspector. Tengo que seguir haciendo limpieza. Lo acompañaré a la puerta.

—¿Sabe que está prohibido quemar desperdicios uno mismo? —replicó Abbad lastimosamente.

—Usted no es esa clase de poli.

Abbad se marchó sin darle las gracias. Alain esperó a que la puerta del coche se cerrara para llamar a Hélias con un gesto y reconvenirlo. La reminiscencia olfativa del trauma por parte de la víctima no podía contemplarse como solución jamás, ni siquiera como último recurso.

—Piensa en la sensación de alegría y bienestar que se experimenta bajo los efectos de la SVM con un recuerdo positivo, y ten en cuenta que un olor vinculado a una mala experiencia es diez veces más intenso. He visto a personas desarrollar trastornos de estrés postraumático y no recuperarse nunca. Algunos incluso cometieron lo irreparable. El ser humano es mucho más sensible al sufrimiento que a la felicidad. Es su naturaleza. Así que nadie tiene derecho a intentar eso con esa chica. Ni nosotros ni, desde luego, él —dijo Alain moviendo la barbilla en la dirección que había tomado el coche de Abbad—. Y la tal Nora tiene razón. Incluso si, después de un sufrimiento insoportable, la chica creyera reconocer el olor de su agresor, no se podría medir la influencia de la droga sobre su buen juicio. Siempre quedará una duda, y no se puede arriesgar tanto por una duda. Una duda que, por otra parte, no tendría ningún valor jurídico. —Y, antes de entrar en la casa y dejar a su antiguo ayudante en la escalera de entrada, añadió—: Créeme, si hemos ejercido este oficio, ha sido por los buenos recuerdos.

* * *

A última hora de la tarde, Claudine llevó a Hélias de vuelta a casa. Al detenerse ante el edificio, antes de que el chico se apeara, le agradeció su visita. Por primera vez desde el anuncio de los cierres, su marido había mostrado interés por algo distinto a su propia persona. Hélias sentía lo mismo: aquellos dos días le habían sentado bien. Aún estaba decepcionado, pero un poco menos triste. Miró el coche mientras se alejaba. La noche asomaba la nariz y el viento traía el sonido continuo de un claxon. En algún lugar del casco antiguo, un automovilista había perdido la paciencia. Al alzar los ojos hacia la fachada, Hélias vio luz en la habitación de Adam y se preguntó si habría vencido su enfermedad imaginaria. La ventana mostraba un halo tan pronto azul como rojo. Estaría dormitando delante de la tele. Un coche se detuvo detrás de Hélias. Abbad bajó de él.

—Creo que tu idea funcionaría. Hagámosle oler a Audrey el gel de Vilmet.

Como para acabar de convencerlo, Abbad le contó su historia. La mujer con la que seguía obsesionado después de veinte años no había entrado sola en su vida. Madre de una niña de corta edad, se había mudado con ella a casa del policía. Como resultado del matrimonio, las desavenencias y el divorcio, la pequeña, que entonces tenía tres años, pasaba con su progenitor un fin de semana al mes. En esa época, Ali rebosaba ternura y no había dudado en aceptar a la niña. Los tres habían sido felices. Él, más que nunca. Por desgracia, la felicidad de la pequeña había sido un electroshock para el exmarido. Sintiendo que le daban de lado y no pudiendo soportar que se le escaparan, volvió a la carga. Entre el padre de su hija y una relación incipiente, la madre decidió dar una segunda oportunidad al pasado. Por su hija. Y así fue como Abbad, después de dos años de idilio, perdió no uno, sino dos amores. Hoy la niña, convertida en una joven, no se acordaba del papel que Ali había desempeñado en su vida. ¿Lo más patético? Abbad nunca había tenido la fuerza ni el valor para recordárselo. Para ella solo era un poli que se tomaba en serio el lema: «Proteger y servir». En eso no se equivocaba. Abbad defendería a Audrey aun a costa de su carrera. Aunque solo hubiera sido un padre transitorio.

—¿Pero nunca ha intentado contactar con la madre de Audrey?

—¿Para qué? Por cobardía, por orgullo quizá, dejé que se marchara sin ser capaz de decirle lo que tanto ella como su hija significaban para mí. Ni siquiera intenté luchar. Cuando, unos años después, supe que aquel hombre las había abandonado definitivamente, me pareció que ya era demasiado tarde, y nunca me puse en contacto con ella.

Abbad alzó la cabeza como para impedir que las lágrimas escaparan de sus ojos. Su inacción seguía siendo su mayor pesar. De modo que, si hoy podía remediar aquello, aunque solo fuera en parte, luchando por la hija de esa mujer, lo haría. Se lo debía a sí mismo. Mientras escuchaba el relato del policía, las reticencias de Hélias se disipaban una tras otra. Pero no haría daño a Audrey para «ayudarla». A eso no estaba dispuesto. Ella sufriría demasiado.

—De todas formas, sometiendo a Audrey a una sesión de olfacción memorial pondrá en peligro su salud mental. Y todo eso para que siempre quede una duda.

—¿Pero una duda no es mejor que nada?

Hélias hizo una mueca, que Abbad interpretó como una vacilación. Esperando que Hélias ignorara que Fragrancia lo había borrado de su lista de contactos, intentó un último farol: si le hacía aquel favor, presionaría a Nora para que le consiguiera un puesto de olfato. Hélias, dispuesto a todo para reincorporarse a Fragrancia, no necesitó más. Se rindió.

—Ayudaré a Audrey.

39

¿Hacía lo correcto? Difícil decirlo. En todo caso, eso le parecía. Avanzó arrimado a una pared ciega del despacho de Alain y se situó ante la ventana. En el boulevard René Levasseur reinaba una calma inusual a primera hora de la tarde. Como si el mundo se hubiera quedado en suspenso, esperando con nerviosismo los próximos minutos. Aquella vista de Le Mans le permitió tomar la distancia necesaria para aligerar su conciencia del peso de la culpa. Le daría a Audrey la posibilidad de negarse. Una palabra suya, y él desistiría. Esa idea lo tranquilizó. Se volvió y abrió los armarios, en los que las materias primas olfativas esperaban pacientemente. La única que faltaba a la cita era la SVM. Normal. Ya suponía que, tras dos semanas de inactividad, Fragrancia habría puesto en práctica un plan de urgencia para recuperar sus stocks, y se había adelantado al problema. Su propia reserva de SVM, oculta en el techo falso del lavabo, sería suficiente. Camino de su escondite, Hélias constató los resultados de la locura pirómana de Alain. Ahora las dependencias, atestadas hacía poco de colecciones diversas y variadas, estaban tristemente vacías.

En su mano, la ficha metálica no conseguía desinflar la bola de ansiedad que se le había formado en el estómago. En su día, las inscripciones, borradas de tanto manosearlas, le permitieron saber que en otra vida la moneda había cumplido la función de medalla de sobriedad. Una recompensa concedida a los miembros de Alcohólicos Anónimos que completaban un periodo de abstinencia. Una semana, un mes, un año... Simbolizaba una victoria futura sobre la adicción. Hélias la había encontrado tirada en la acera, delante de un bar.

Cuando volvió del baño, dejó la lata en el suelo y encendió el ordenador. Una vez conectado a la sesión de Alain, buscó entre los centenares de carpetas digitales la fórmula que le interesaba. La base de datos de la empresa poseía un cromatograma de casi todos los productos perfumados comercializados en Francia en los últimos setenta años. Ese diagrama proporcionaba a quien supiera leerlo todos los componentes de un producto, su receta, por decirlo así. Lavavajillas, geles para el cabello, cremas, ambientadores para coche... Fragrancia necesitaba referenciar todos los potenciales desencadenantes. Encontrar la fórmula correcta fue un juego de niños. A continuación, juntó las materias primas sobre el viejo escritorio de madera de su mentor. Por un momento, se sintió mal por organizar aquella sesión a espaldas de Alain. Pero prefería pedirle perdón antes que autorización. Geraniol, lavandín, metil antranilato, cumarina... Solo le faltaba el musgo de roble. Una sencilla búsqueda le informó de que la sustancia se consideraba un alérgeno y estaba prohibida por la Asociación Internacional del Perfume desde hacía años. La sustituyó con una nota sintética, el evernil. Cuando terminó la mezcla, escribió en la etiqueta del frasquito: «Acorde Audrey -% Eth.». Luego, cogió una tira de pruebas y la humedeció en el líquido. A la nariz, el resultado parecía responder a sus expectativas.

Oyó unos golpes de nudillos en la puerta. Audrey y Abbad entraron. Hélias conoció al fin a la chica y se quedó sorprendido. No respondía en absoluto a la idea que se había hecho de ella. Se la imaginaba devastada, totalmente destrozada, intentando en vano ocultar sus estigmas. La joven que tenía delante aparentaba ser «normal». Nada en su aspecto habría hecho pensar en lo que estaba viviendo. Alta, morena, con el pelo impecablemente cortado... Ni siquiera tenía las uñas mordidas. A su lado, Abbad parecía estar pasándolo realmente mal. Hélias se sintió culpable por haberse preparado para socorrerla, sostenerla y acompañarla durante la sesión. Ahora se daba cuenta de lo ridículo que habría sido tenerle lástima. Torpemente, los invitó a sentarse. Había visto a su mentor hacerlo tantas veces que no tenía ninguna duda sobre su capacidad para conducir la sesión. Refrenó esa idea.

—¿Le ha contado el inspector para qué ha venido aquí?

—No.

—Voy a proponerle una sesión de olfacción memorial.

Le explicó lo básico a grandes rasgos. Audrey mostraba signos de interés. Hélias aprovechó para imponer una condición.

—Las sesiones deben ser privadas —dijo volviéndose hacia Abbad—. Preferiría que usted aguardara en la sala de espera. Lo llamaremos cuando hayamos acabado.

En la cara del inspector la sorpresa dio paso a la decepción rápidamente, pero se abstuvo de hacer ningún comentario. Hélias parecía controlar la situación. El policía y su miedo a perderse algo (o *fear of missing out*, en cristiano) abandonaron la sala.

Una vez solo con Audrey, Hélias le confesó que había disfrazado sus verdaderas intenciones. La chica se puso tensa.

—El inspector está convencido de que el objetivo de esta sesión es hurgar en su memoria para encontrar algo que inculpe a su agresor.

—¿Y no es así?

—No, eso sería tan inútil como nefasto.

—Entonces ¿para qué me ha hecho venir?

Hélias no había mentido en algo. Creía que podía ayudarla. A falta de la verdad, le ofrecía un respiro, apoyo, respaldo. Audrey frunció el ceño. Hélias posó la mano en el frasquito.

—Sé que puede parecer absurdo, pero tengo en mi poder un medio técnico capaz de hacer resurgir la ternura y el amor que se ocultan en sus recuerdos. Unos recuerdos que el sufrimiento actual no ha tocado y que solo esperan que usted vuelva a leerlos. Explicado así, debe de pensar que intento esquivar el problema. Reconozco que refugiarse en el pasado para huir del presente puede parecer contraproducente. Pero en realidad lo hago para devolverle sus armas. Cómo las utilice no es asunto mío. No estoy aquí para ayudarla a rehacerse. Solo quiero mostrarle lo que el dolor no le deja ver. Usted no se reduce a lo que ha sufrido, y, si desea recordarlo, yo intervengo.

Audrey lo miraba, inmóvil. Parecía sondear su ser. Incómodo, Hélias añadió:

—Le confieso que he ensayado un poco mi discurso antes de que viniera. Delante del espejo resultaba más impactante. Usted puede negarse. Incluso podría levantarse y marcharse, y lo dejaríamos ahí.

Audrey bajó la guardia y aceptó al fin. Hélias cogió el frasquito, vertió el contenido en un nebulizador, añadió unas gotas de SVM y le tendió el recipiente a Audrey.

—Aún puede echarse atrás...

—¿A qué huele?

—Es usted quien debe decirlo.

Audrey miró el nebulizador. Hélias se acercó y le mostró el botón de encendido. En el mismo tono tranquilo de Alain, le sugirió que lo pulsara cuando se sintiera lista. Con los mismos gestos, la misma amabilidad y la misma suavidad, murmuró:

—Ya va siendo hora de reencontrarse con su pasado.

* * *

Tras la fase de euforia, Audrey remontó el curso de sus olvidos. Volvió a verse en un coche. Un Peugeot 205 gris. ¿De quién era? Iban al zoo. ¿Quién conducía? La chica soltó un gemido. Bajo los párpados, sus ojos se movían. Los recuerdos volvían por decenas. Su cerebro, incapaz de comprenderlo todo, de descifrarlo todo, de desarrollarlo todo, renunció y se limitó a recibir las emociones positivas asociadas a ellos, desordenadamente. Audrey olisqueó. Su madre reía en el asiento del acompañante, delante de ella. Audrey había olvidado incluso la existencia de esa risa. Cuando se desmandaba, terminaba con una especie de carraspeo. Tenía cuatro años y su mundo no era más que amor. Llamaba «mamá» a aquella mujer, que la cogía en brazos, la acariciaba y la cubría de besos. Aquella mujer, a la que un hombre hacía feliz. Él estaba presente en cada uno de sus recuerdos. Imagen tras imagen, su aspecto, su forma se precisaron. Poco a poco, se dibujó con nitidez en la mente de Audrey. Aquel desconocido, que hacía reír a su madre, que las llevaba al zoo, al cine, al parque. Aquel hombre al que había querido con todo el amor que cabe en el corazón de un niño.

Audrey volvió en sí llorando con la mano apretada contra la boca. Hélias se inclinó sobre su hombro.

—Bienvenida de nuevo entre nosotros.

—Quiero ver a Ali.

40

Desde que se celebró la asamblea general, Nora apreciaba un cambio en la actitud de los olfatos residentes. Habían abandonado la presunción y la arrogancia. Puede que esta vez los cierres no les hubieran afectado, pero el miedo a que los sustituyeran hacía que se comportaran con inusual amabilidad. Ahora eran atentos, hablaban con voz suave e incluso se anticipaban a lo que se necesitaba de ellos. A decir verdad, siempre habían sabido mostrarse dóciles, pero hasta hacía poco solo con Cornélia. El resto de la dirección nunca había conseguido inspirarles el respeto que conduce a la deferencia.

A última hora de la tarde, decidió ir a correr. Se puso un conjunto deportivo que guardaba en el centro y tomó un sendero que llevaba al corazón del bosque. Doce kilómetros, dos calambres y un circuito más tarde, seguía sin conseguir vaciar la mente. Los numerosos desafíos que debía afrontar durante los próximos meses la atormentaban. Abbad y su investigación solo habían sido un anticipo de lo que la esperaba. Sabía que, con el aumento de los laboratorios clandestinos y la dificultad para mantener la confidencialidad, ese tipo de servicios, solicitados por la policía, se convertirían en moneda corriente. Un toma y daca: el fundamento de las relaciones humanas. Cuando se detuvo a unos metros de la gran verja para recuperar la respiración y hacer estiramientos, un disquito que brillaba al sol atrajo su mirada. Se agachó para cogerlo. Dos euros. La mayoría de la gente lo habría considerado una limosna del destino, pero Nora se llevó una decepción. Por un instante, creyó que era la ficha de Hélias.

Siguió estirándose. Temía reanudar la jornada. El ritmo de trabajo se había acelerado. Solo esa mañana, dos nuevos expedientes, relacionados con la confidencialidad, habían engrosado la pila de su escritorio. El primero afectaba a un prefecto más curioso de la cuenta; dependiendo de su grado de probidad, habría que sobornarlo o amenazarlo. El otro, fastidioso y urgente, estaba relacionado con Marsella. Se puso dos dedos en la muñeca y contó las pulsaciones. Otra vez aquella historia de la SVM fraudulenta en el corazón de la ciudad provenzal. La misma que había utilizado Abbad para su tentativa de chantaje en el parque de Melun. Qué lejano le parecía aquel encuentro... Fuera como fuese, la intuición le decía que Cornélia daría prioridad a aquella misión candente.

Saludó a los guardias de la entrada y cruzó la pesada verja de hierro fundido. Contemplar el centro, que se alzaba ante ella imponente en su totalidad, le produjo una extraña sensación de plenitud. Por supuesto, Fragrancia seguía siendo el reino de Cornélia, pero ella era la guardiana, la protectora, la vigilante y la cancerbera. Al oír su nombre, se volvió.

—¿Tú al aire libre? ¿Por voluntad propia? ¡Increíble! —le lanzó al hombre que la había llamado.

—Muy graciosa, ¡me troncho! Podrías mirar el móvil de vez en cuando...

Steve se acercaba trotando.

—Lo he puesto en silencio mientras corría. Para desconectar.

El hombre de los incipientes michelines y la camiseta estampada con una trifuerza la invitó a seguirlo. Tenía que enseñarle algo. Cuando Nora le preguntó si podía ducharse antes, él respondió que se trataba de Hélias. Nora no se hizo de rogar más.

Por el camino que los llevaba al edificio de Ciberseguridad, advirtió cierta agitación entre los empleados con los que se cruzaban. Iban a pasar la puerta de seguridad cuando tres berlinas negras entraron en el parque. Excitada, Cahetel corría de un bosquecillo a otro. Nora la llamó, en vano. La civeta brincaba, chillaba... Parecía perseguir a una presa imaginaria. En su loca carrera, acabó pisoteando los macizos de flores, hasta que un jardinero la llamó al orden. Solo consiguió agitarla aún más. Nora se volvió hacia el edificio principal. En todas las ventanas asomaban varias cabezas. Todas las miradas confluían en los tres vehículos, que seguían avanzando por el paseo central. Todo el mundo parecía contener la respiración. La comitiva circulaba a paso de hombre e imponía el mismo ritmo al centro. Cuando la civeta se paró en seco y, tras erguir las orejas, echó a correr hacia el aparcamiento, Nora comprendió.

—¡El regreso de la reina! —exclamó Steve.

—¡Mierda, había olvidado que era hoy! Voy a cambiarme, tengo que hablarle de Hélias sin falta.

—Creo que antes deberías ver eso.

Cuando entró en el cuartel general de Ciberseguridad, todo el equipo la saludó. Nora respondió con un gesto de la mano. Steve se sentó a su mesa, empujó con el codo un paquete de Croco Pik y pulsó la barra de espaciado de su teclado. En la pantalla empezó a reproducirse un vídeo grabado por la webcam del ordenador del despacho de Fisson. En él, se veía a Hélias moviendo el ratón.

Esa misma tarde, el director de Ciberseguridad había recibido una alerta procedente de la sucursal de Le Mans. Que alguien iniciara una sesión no tenía nada de extraordinario, salvo si lo hacía en una oficina cerrada. Steve había encendido en remoto la webcam y el micrófono que llevaba incorporado el monitor para grabar toda la escena. Nora vio el vídeo de principio a fin sin decir palabra. Lote de SVM no referenciado, robo de identificadores, sesión olfativa memorial a un paciente no registrado... El número de infracciones que contó rayaba lo ridículo. Cuando terminó el vídeo, soltó un suspiro, se irguió y posó la mano en el hombro de Steve.

—¿Quién ha visto estas imágenes?

—Yo. Y ahora, tú.

—Perfecto. Gracias por la discreción y por avisarme. Puedes borrarlo todo.

—¿Cómo? ¿Estás segura?

Nora asintió. Le debía una. Esperaba volver a trabajar con Hélias y haría lo que fuera para preservar esa posibilidad.

Abandonó el edificio y atravesó el parque a la carrera. Luego, iría a hablar con Cornélia. Ahora lo que quería era ducharse. Un respiro, antes de arrojarse una vez más a la tempestad.

41

En la cocina de los Fisson, Claudine acribillaba a preguntas a Hélias. Quería saberlo todo, comprenderlo todo. No conocía los antecedentes, pero sus esfuerzos para ponerse al día empezaban a dar frutos.

—¿Y después? —preguntó soplando sobre la taza de té.

—Audrey se reunió con él en la sala de espera. No me atreví a unirme a ellos. Supuse que tenían mucho que contarse.

Alain, ocupado en picar una chalota en la encimera, guardaba silencio. Cuando Hélias añadió que, de todos los momentos memorables de los que había sido testigo en la sucursal, Audrey acordándose de Ali Abbad se alzaba con la primera posición, su mentor esbozó una sonrisa. Pero Claudine fue la única que advirtió esa fugaz animación. Se acercó al chico y le acarició la mejilla con un gesto maternal.

—Estamos orgullosos de ti. También hablo por este carcamal, cuyo pudor mal entendido le obligará a callárselo.

Su voz divertida había adoptado el tono de la confidencia, así que Alain, alejado unos pasos, permaneció ajeno a ese intercambio. Hélias le dio las gracias a Claudine, emocionado.

—Hummm.

Ese gruñido fue toda la participación de Alain en la conversación. Claudine lo miró. Conocía perfectamente a su marido.

Después de tantos años de vida en común, sabía que algo lo obsesionaba hasta el punto de olvidarse de felicitar a su protegido. Comprendiendo que su silencio podía malinterpretarse y resultar hiriente, decidió reunirlos en una actividad común.

—Oye, Hélias, a Alain le vendría bien que pelaras las verduras. ¿Verdad?

—Hummm.

Pelapatatas en mano, Hélias se colocó junto a Alain ante la isla central. Sin decir palabra, con una expresión ausente, su mentor señaló la despensa con el dedo. Hélias dedujo que era allí donde estaban las patatas. Tras colocar una bolsa de plástico para meter las peladuras, se puso manos a la obra.

Instantes después, Hélias ahogó un grito. Cortarse con un pelapatatas es un accidente reservado a la élite de los torpes, y él acababa de unirse al club. Primera patata, tercer movimiento. Si no tenía el récord del mundo de velocidad en cortarse, al menos estaba entre los diez primeros. La herida era superficial, pero sangraba lo bastante para que Claudine, preocupada, le ordenara seguirla. Avergonzado, Hélias dejó la patata, el arma, la bolsa de plástico y cuatro peladuras. Solo tres pertenecían a la patata.

Una vez en el piso de arriba, como quien no quiere la cosa, hizo la pregunta que lo atormentaba. Puso en ello toda la desenvoltura de que era capaz. Es decir, no mucha.

—¿Por qué no ha reaccionado Alain? ¿Crees que lo he decepcionado?

—No, en absoluto. Supongo que le preocupa el futuro, eso es todo. Tendremos que vender la casa, buscar otra cerca de Fontainebleau, despedirnos de nuestros amigos de aquí... —Claudine abrió el armario botiquín y sacó una caja de vendas—. Ha sido todo muy precipitado, y a Alain le cuesta digerir los cambios. Y está su sucursal. Ya sabes cuánto apego le tenía.

Mientras dejaba correr el agua sobre su mano, Hélias asintió con la cabeza, convencido, pero no reconfortado. Un hilillo de sangre se deslizó por la porcelana del lavabo y desapareció en el desagüe.

En cualquier caso, tenía la sensación de que, en su última sesión de olfacción memorial, se había superado a sí mismo. Habría agradecido una reacción un poco más expresiva. Hélias aplicó la venda sobre la zona en carne viva.

Un tremendo estrépito de ollas subió hasta ellos.

—Espero que no se haya hecho daño también él... Toma, quédate la caja. Dentro de una hora tendrás que cambiar la venda.

Hélias le dio las gracias y bajaron. Sus caminos se separaron al pie de la escalera. Claudine se reunió con su marido en la cocina y Hélias fue a guardar las vendas en su mochila. Cuando iba a cerrarla de nuevo, vio una caja roja y blanca en el fondo. Uno de los medicamentos que había comprado para Adam se había quedado allí dentro cuando volcó la mochila sobre la cama de su amigo. Cogió la caja y marcó el número de Adam.

—¿Qué hay? Olvidé darte uno de tus medicamentos. Durinovil. Te lo llevo esta noche.

—¡Uf! No es el de mis problemas de erección...

—Serás capullo... —Hélias se quedó parado. Jugando con la caja, había acabado por reconocerla—. Espera... ¿Para qué se supone que es?

Hélias colgó en mitad de la respuesta de Adam y corrió a la cocina. Claudine y Alain estaban recogiendo una batería de cacerolas esparcida por el suelo cuando Hélias, alzando la caja delante de él, gritó:

—¡Ahora lo entiendo!

Alain alzó la cabeza y entrecerró los ojos para leer mejor el nombre del medicamento que blandía su protegido.

—Cuando buscaba su olor en casa de Vilmet, vi esto en su baño. También encontré la receta. Y era del día de la agresión a Audrey.

Hélias estaba muy excitado. Le daban ganas de ponerse a saltar. Alain posó las manos en las rodillas y se apoyó en ellas para levantarse.

—Ya sabes lo que tienes que hacer.

Esta vez, su sonrisa se veía desde el centro de Le Mans. Con aire triunfal, Hélias sacó el móvil y marcó un número. Era tonto, simple y evidente. Tan evidente que Fragancia lo había pasado por alto.

Descolgaron.

42

—¿Cómo es posible?

Con el móvil sujeto entre la oreja y el hombro, Abbad revolvía en sus bolsillos en busca del paquete de tabaco. Cuando al fin lo encontró, sacó un cigarrillo y se lo puso en la comisura de los labios.

—La noche de la agresión, Vilmet había tomado Durinovil. Es un vasoconstrictor que te recetan cuando tienes la nariz taponada. Fragrancia podía someterlo a todas las pruebas que quisiera: en el momento de los hechos Simon tenía anosmia.

En consecuencia, los resultados del interrogatorio no tenían validez. Haciendo oler a Vilmet la combinación del perfume de Audrey, su propia signatura olfativa y la atmósfera del cuarto del hermano de Émilie, Fragrancia esperaba plasmar en un electroencefalograma una manifestación cerebral muy específica e identificar la emoción asociada al recuerdo. Placer, culpa, lo que fuera. Cualquier reacción, aparte de la perplejidad, habría sido una prueba de su culpabilidad. Con una simple nariz taponada la noche de la violación, Simon había inutilizado una de las tecnologías más avanzadas de su tiempo.

El cigarrillo del inspector se consumió sin que le diera una sola calada. Cuando el humo, demasiado cerca de su cara, se le metió en el ojo derecho, farfulló unas cuantas barbaridades y lo apagó en un cenicero. Luego, se apresuró a llamar a Audrey para preguntarle si podían verse. Media hora después, se reunían en un bar debajo de la casa de la chica.

En cuanto los atendieron, Abbad le comunicó las conclusiones de Hélias. Después, precisó que eso no cambiaba en nada su situación y que no podía acusar a Vilmet basándose en aquello. Demostrar el fallo de un método no era una prueba de culpabilidad. Por desgracia, posiblemente Vilmet nunca viera el interior de una celda. En cualquier caso, esta vez no.

Audrey se ensombreció. La nuca se le tensó y empezó a agitársele la pierna. Durante la fiesta, estuvo hablando con Simon. Incluso le había gustado. Su aplomo y su labia no la habían dejado indiferente. Confesarlo la descompuso. Mareos, sofocos, palpitaciones... Reconocía los síntomas de un ataque de ansiedad. Sacó un pastillero de un bolsillo de la chaqueta, partió un comprimido blanco y se metió un cuarto bajo la lengua.

Abbad la atosigaba con frases tranquilizadoras, tan bienintencionadas como inútiles. Al cabo de unos minutos, la benzodiacepina hizo efecto. Audrey lo interrumpió.

—¿De verdad que no se puede hacer nada a nivel judicial? Si estás íntimamente convencido de la culpabilidad de Simon, díselo al juez.

—Mi palabra sola no vale nada. Lo he intentado todo, he hecho todo lo posible para obtener alguna prueba. ADN, testimonios, hasta esa gilipollez del interrogatorio olfativo.

—¿Hablaste con Émilie?

—Antes incluso de que descubrieras su mensaje en tu móvil. Convencerla para que nos lo explique es imposible. Todo lo que puedo decirte al respecto es que Vilmet la presiona para que calle.

Se palpó la chaqueta. Se había dejado el tabaco en el coche.

Audrey se encerró en sí misma un poco más. Se sentía sin recursos, sin esperanza. Habría dado lo que fuera para que la investigación se retomara y le viniera a la memoria un detalle clave. Allí, en ese momento. Una pequeña epifanía. Pero no. De aquella noche solo le quedaban sensaciones brumosas, una vergüenza palpable y un gran cansancio. Inmenso, aplastante. Se culpaba de no haber visto a su agresor, de no haber vigilado su copa, de no haber dormido en la habitación de Émilie, de haberse lavado al volver a casa, eliminando de ese modo cualquier posibilidad de obtener una muestra cuando al final decidió poner una denuncia. Suplicaba a sus recuerdos que salieran a la superficie, pero lo que brotó fueron las lágrimas. Un pensamiento, más dañino que el resto, consiguió atravesar su barrera mental. Hiciera lo que hiciese, aquel cuerpo que había sufrido seguiría siendo el suyo. Estaba como atrapada en la trampa. Otro ataque, otro cuarto de Lexomil.

Impotente, Abbad se retorcía las manos. Tenía los nudillos blancos mientras intentaba reprimir su cólera. Cuando le propuso hacerle una visita a Vilmet, quien hablaba ya no era el representante de la ley. Solo esperaba su aprobación.

Audrey tardaba en responder. El inspector supuso que no había comprendido.

—Cuando haya acabado con él, será un milagro si vuelve a andar.

A Audrey le habría gustado rechazar la propuesta de inmediato. Le habría gustado levantarse de la silla de un salto y haberle soltado un sermón a Ali sobre la necesidad de no tomarse la justicia por su mano. Pero la idea de que su agresor solo debía su integridad física a su buena voluntad era muy atractiva. Una sola palabra suya, y el hombre que la había drogado y violado acabaría en el hospital. Una palabra, y vería a aquel cerdo arrastrándose hacia su coche mientras Ali lo pateaba. Era una perspectiva tan reconfortante que, por un momento, Audrey se recreó en ella. Pero su mente, por herida, por atormentada que estuviera, no podía aceptarla.

El camarero, ajeno a los tormentos de sus clientes, les trajo las bebidas. Una sonrisa, un comentario gracioso, y volvió a irse. Trivial e inofensiva, aquella interferencia de lo cotidiano apaciguó a la chica.

—Gracias, Ali, pero no es una buena solución.

—Tiene que pagar por lo que te hizo —respondió Abbad con los ojos bajos y un nudo en la garganta.

Audrey adoptó un tono más firme. Ya no había nada que proteger. El daño estaba hecho. Aquella saña violenta no tenía sentido. ¿No se había arriesgado bastante con aquel asunto? Aquello solo serviría para empeorar su situación. Se calmó. Un poco. Lo suficiente para exponer sus argumentos. Sí, quería que Vilmet pagara por lo que le había hecho. Y lucharía para obtener justicia. Pero no dejando que él le destrozara las rodillas. Alguien tenía que haber visto algo durante la fiesta. Y si esa persona no había querido decírselo a la policía, puede que se abriera con la víctima. Además, quedaba Émilie. Estaba segura de que algún día saldría de su silencio. Quizá acabara contando lo que había presenciado esa noche. Ella no se rendiría. A medida que hablaba, su esperanza ganaba terreno. Cuando la tempestad amainó y Audrey se calmó al fin, le pidió perdón a Ali por haberse enfadado. Se daba perfecta cuenta de que estaba dispuesto a echar su carrera por la borda por ella. De que su torpeza se debía a su cariño. Le dio las gracias por todo lo que había hecho, pero sobre todo por lo que no debía hacer.

—Acabo de recuperarte. Por favor, no lo eches todo a perder. Sé que me ayudarás. Lo que has hecho no tiene precio. Me apoyaste cuando todo el sistema me había abandonado. Es lo que me da fuerzas para seguir creyendo. Te necesito. Y también te necesitarán otras. Porque este trato de favor tendrás que dárselo también a las demás. A todas las demás. Perfectamente podrían haber sido las hijas de una mujer a la que quisiste.

43

Hélias acababa de dejar el teléfono de nuevo en su base cuando Alain, con falso desapasionamiento, murmuró:

—Puedes estar orgulloso, muchacho.

El chico se acercó, Alain abrió los brazos, y el uno estrechó al otro contra su pecho. Era el primer abrazo de su historia común, el impulso que se produce cuando dos seres alcanzan el punto de inflexión. Aquel gesto les permitió decir en un instante todo lo que las palabras no habían conseguido expresar durante tantos años.

Conmocionado, Hélias prefirió huir ante tamaña demostración de afecto. Puso como excusa que había un grifo abierto en el piso de arriba y abandonó la cocina. Había sobrestimado su capacidad para soportar las emociones fuertes.

Alain se agachó y recogió las últimas cacerolas.

—¿Es el tamaño que necesitas?

Claudine acababa de volver a la cocina con un destornillador.

—Perfecto. Podré arreglar el maldito portacacerolas.

Le cogió la herramienta de la mano y la besó en la frente. Esa tarde le había dado por mostrar sus sentimientos.

Fue mientras estaba subido a un taburete cojo atornillando un soporte en la pared cuando su idea tomó forma. Las excepcionales cualidades de su ayudante lo habían empujado a devanarse los sesos. La demostración de Hélias no merecía únicamente unos aplausos tímidos y una moneda en su sombrero al pasar junto a él. No, había sacudido profundamente, incluso abrumado a su mentor. La vanidad que sentía se hinchaba más y más, a la vez gratificante y embriagadora. Y el dolor ligado a la pérdida inminente de su sucursal desaparecía poco a poco, ahuyentado por esta conclusión: Hélias sería su sucesor.

—¡Que cierren la oficina!

—¿Decías algo?

—Nada, cariño. Estaba pensando en alto.

Apurado, bajó de su pedestal y le devolvió el destornillador a su mujer. El soporte aguantaría, siempre que colgaran menos cacharros.

Esperó a que Claudine fuera a guardar el destornillador para retomar el hilo de sus ideas. Por supuesto que Hélias sería su relevo y su legado. Solo era cuestión de tiempo que Fragrancia también se diera cuenta. Estaba convencido. Alain frenó sus divagaciones mentales. Para que la profecía se cumpliera, le correspondía a él poner, a la vez, la primera y la última piedra. La única, la más simple y, sobre todo, la más importante. Mañana se citaría con Cornélia y negociaría una jubilación anticipada proponiéndole una contrapartida. Su puesto de olfato a cambio de un empleo estable como ayudante para Hélias. Una oferta indeclinable, puesto que Fontainebleau buscaba ya el modo de deshacerse del exceso de terapeutas. Una vez readmitido su discípulo, Alain dejaría que su talento hiciera el resto. El chico acabaría convirtiéndose en olfato. A Alain no le cabía la menor duda.

Fuera, el sol lanzaba rayos rasantes. El viento soplaba un poco más fuerte de lo habitual y hacía espejear las hojas de los árboles. Ahora, la mancha negra que señalaba el lugar en el que había incinerado la mitad de su vida lo atraía mucho menos. Se volvió y se preguntó qué iba a hacer con tanto sitio libre. Si lo dejaba vacío, Claudine aprovecharía para adoptar aún más plantas. Esa idea lo divirtió. En el fondo, puede que la jubilación fuera eso: preocuparse de las pequeñas cosas. En su fuero interno, sintió como un apaciguamiento. Su mujer volvió al cabo de unos minutos.

—¿No has oído sonar el fijo? —le preguntó con el auricular en la mano.

—No. ¿Quién era?

Claudine le transmitió el mensaje del secretario de Cornélia. La directora general de Fragrancia quería conocer a Hélias, mañana mismo. Alain sonrió. Sin decir palabra, sacó de los armarios diversos ingredientes y utensilios. Luego, descolgó una cacerola.

—Pero ¿qué haces? Ve a decírselo enseguida.

—Creo que una noticia así se merece mi famosa tarta, ¿no?

Claudine rio.

Poco después, en casa de los Fisson flotaba un penetrante olor a tarta de limón. El mismo que, cuatro años antes, había recibido a un joven un poco perdido y presa de sus angustias. Hoy, con una sonrisa en los labios y el olfato despierto, ese mismo chico entró en la cocina y cerró los ojos para impregnarse totalmente de los olores de ese instante.

Cuando volvió a abrirlos, Alain posó una mano en su hombro.

—Bienvenido de nuevo entre nosotros.

Epílogo

La duda surgió cuando el banco rechazó el cheque, se acentuó al descubrir que el número de Florence ya no correspondía a ningún abonado y se convirtió en certeza cuando, al buscar en Google a la ejecutiva de Gametech, no encontró nada. La realidad, evidente, apareció ante él en toda su crudeza: lo habían engañado. Pero ¿quién? ¿Y por qué? Simon pasó las siguientes semanas investigando en busca de respuestas. La noche de Le Domestique, el allanamiento de su casa, la droga que le habían hecho inhalar en Étampes... Todo estaba relacionado. Pero ¿cómo? ¿Y por qué? Por más que buscaba, no encontraba nada. Ni en el contrato firmado de su puño y letra ni en internet. Todos los intentos de desenredar aquella madeja terminaban en fracaso. Pero aún tenía una carta en la mano. Su voz en las redes. Ya que no conseguía descubrir la verdad solo, le pediría opinión a su comunidad; seguramente eso lo ayudaría a separar la mentira de la verdad. Decidió hacerlo a través de su canal favorito: un directo en una plataforma de *streaming*. La mañana de la declaración, con el fin de avisar a sus abonados y reunirlos en buen número para la emisión en vivo a las 18.00 horas, les lanzó una frase a modo de ciberanzuelo: «El día que me drogaron sin que lo supiera». En el programa, el relato de lo que le había pasado. Todo, de principio a fin. Con especial énfasis en el episodio de Étampes.

A las 17.30, decenas de espectadores aguardaban ya en la sala de espera virtual. En cuanto apareció la cara de Simon, los comentarios empezaron a sucederse en el lado derecho de la pantalla. Cinco minutos después, había dos mil internautas conectados. Simon recibió a los recién llegados saludándolos con la mano...

—Hola, equipo, he...

Pantalla negra, fin de la transmisión.

* * *

Entre los miles de personas desconcertadas presentes en el chat, solo una sabía exactamente lo que acababa de pasar. Desde el día del interrogatorio olfativo, Steve, el jefe de Ciberseguridad de Fragrancia, se había pegado a los talones del influencer y había vigilado su actividad en línea, había leído lo que él leía, había visto lo que veía y había tomado nota de lo que buscaba. ¿Conclusión? No podía dejar que hablara.

Como los intentos de piratear su sistema informático habían fracasado, Steve había tenido que pasar a mayores. La tarde del allanamiento encargó a uno de los miembros del equipo de intervención una tarea suplementaria: conectar un lápiz de memoria infectado con un virus al ordenador de sobremesa de Vilmet. Una vez insertado, el lápiz introdujo un *malware* ultrapotente en el ordenador y permitió a Steve tomar el control del mismo. Gracias a ello, había podido cortar la transmisión en directo con un simple comando. Pero el jefe de Ciberseguridad no se conformó con eso. Aprovechó para borrar la existencia de Vilmet en internet en su totalidad. Cerró sus carteras de criptomoneda, suprimió sus cuentas de Twich, YouTube, Instagram, TikTok... No dejó títere con cabeza. Su agenda, sus contactos, sus carpetas, sus fotos, sus vídeos, su teléfono y todos sus documentos. Incluso vació sus cuentas bancarias en línea. La gente no se imagina cuánto depende su vida de la red. Vilmet ya no tenía nada, ya no poseía nada. Una vez acallado el influencer, Steve se prometió que eliminaría al instante cada nueva cuenta que creara, al menos durante los dos próximos años. Eso, solo por gusto.

Satisfecho de sí mismo, cogió la bolsa de gominolas mientras hacía girar la silla. Solo quedaba un pitufo, y casualmente era su preferido, la Pitufina.

En aquella venganza, a la vez personal y necesaria para preservar el secreto de Fragrancia, había un detalle que no se había planificado. Un solo detalle, insignificante y, sin embargo, crucial para el futuro de la lucha de Audrey.

Al destruir todas las copias de seguridad de Vilmet, Steve también había eliminado, en un rincón muy bien escondido —una carpeta dentro de otra y esta, dentro de la enésima—, un vídeo titulado «Émilie_asientotrasero_Audi».

Sin saberlo, silenciando una voz, había liberado a otra.

# Agradecimientos

Gracias a todas las personas de mi entorno y, muy especialmente, a Charlotte, Valérie, Dominique, Isaure, Élie, Florent, Patrice, Anthony, Victorien, Jeanne y Véronique. Vosotros habéis hecho posible esta historia.

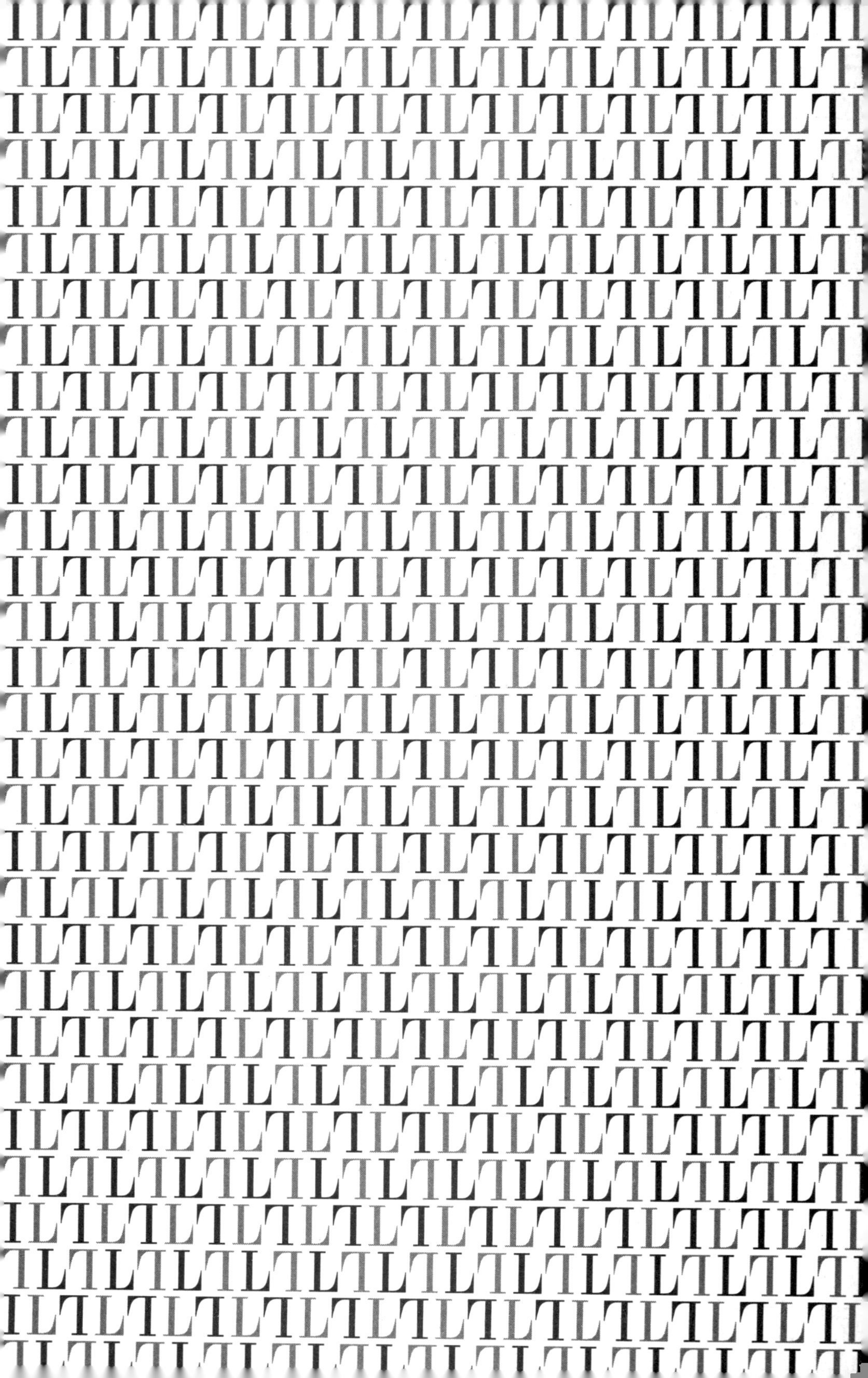